W0348851

La FAMILLE EINSTEIN

BEN GUTERSON

La FAMILLE EINSTEIN

Illustré par Petur Antonsson

Traduit de l'anglais (États-Unis)
par Alice Delarbre

ALBIN MICHEL JEUNESSE

THE EINSTEINS OF VISTA POINT
(Première publication : Christy Ottaviano Books /
Hachette Book Group, Inc., 2022)
Text copyright © 2022 by Ben Guterson
Illustrations copyright © 2022 by Petur Antonsson
Cover art copyright © 2022 by Vivienne To
Cover copyright © 2022 by Hachette Book Group, Inc.
Cette édition a été publiée en accord avec Little, Brown
and Company, New York, New York, USA.
Tous droits réservés, y compris droits de reproduction totale ou partielle,
sous toutes ses formes.
Pour la traduction française :
© Éditions Albin Michel, 2023

Pour

MARGARET MICKELSON, SALLY ALGER,
MARGARET IMPETT ET ANNABEL BLACK,
ENSEIGNANTS DÉVOUÉS DE MES JEUNES ANNÉES

Un jour, j'ai écrit cette phrase dans mon journal intime, mais je n'arrive absolument pas à me souvenir où je l'ai lue : « J'en sais davantage que ce que je puis exprimer avec des mots, et le peu que je puis exprimer n'aurait pas pu l'être si je n'en avais pas su davantage. » Cette citation me fait toujours penser à un ami cher que j'ai perdu.

The Wonderful World of Words!, Dylan Grimes[1]

1. La phrase en question est une citation de Vladimir Nabokov, publiée dans un recueil critique. Le titre du livre de Dylan Grimes pourrait se traduire par « Le Monde merveilleux des mots ! » (Note de la traductrice.)

SOMMAIRE

Le pont
Le grand fleuve
La Tour
La grotte
Le pré
Le cercle d'arbres
Les piscines
Le manoir des Einstein
La vieille cabane de Wetherill
Le cimetière
Chez les Bigelow

Un

LA FILLE DE LA FORÊT

Zack Einstein était plongé dans son roman préféré de la série *Faucons et Brigands*, quand, jetant un coup d'œil par la fenêtre ouverte de sa chambre, il aperçut une fille. Elle marchait en direction de la tour abandonnée. Il bondit de son lit, et lâcha le livre si brusquement que le bruit résonna dans toute la maison.

–Ça va ? lui cria son père, qui se trouvait en bas, dans la cuisine.

–J'ai juste fait tomber mon bouquin, répondit Zack sans quitter la fille des yeux.

Elle donnait l'impression d'avoir surgi de l'épais bosquet de conifères à l'ouest de la Tour, ce qui était on ne peut plus étrange : l'accès en était rigoureusement interdit. De plus, ce bâtiment était situé à la limite du terrain qui appartenait désormais à la famille Einstein. C'était pourtant autre chose qui retenait l'attention de Zack : la fille, qui portait une queue-de-cheval, lui rappelait, au moins de loin, Susan, sa petite sœur partie à tout jamais.

Elle avait des cheveux roux, un jean bleu clair et un tee-shirt blanc qui flottait autour de ses frêles épaules… Tous ces détails contribuaient à accentuer la ressemblance troublante avec Susan.

Que va-t-elle faire à la Tour ? se demanda-t-il.

Puis, malgré ses tentatives pour la repousser, surgit la question qu'il s'était posée d'innombrables fois ces dix derniers mois : *Pourquoi n'ai-je pas su protéger Susan ?*

Il avait réussi à se perdre pendant une demi-heure dans un livre qu'il adorait, mais à présent, le souvenir de sa sœur revenait l'assaillir comme une pluie qui reprendrait.

– Tant que le livre va bien ! lui cria son père.

Zack ne répondit rien, et il ajouta :

– C'était une blague, fiston.

– D'accord, papa, lança Zack au moment où la fille disparaissait derrière la Tour.

Il attendit, aux aguets.

L'édifice en pierre, à une centaine de mètres au nord du manoir, était plus haut que la fenêtre du second étage par laquelle il le regardait. Il se dressait, dans sa majesté solitaire, au bord d'un promontoire qui dévalait vers le fleuve en contrebas. C'était un bâtiment impressionnant, constitué d'un polygone à neuf côtés et entouré de colonnes solides et élégantes. Et pourtant, depuis que Ruth – sa sœur la plus proche, qui avait 13 ans, soit deux de plus que lui – l'avait comparé à une gigantesque pièce montée avec un glaçage gris, Zack avait beaucoup de mal à se sortir cette image de la tête. À ce qu'en savaient les enfants Einstein, la construction n'avait pas d'appellation officielle. Ils l'avaient découverte trois mois plus tôt, lorsque leurs parents les avaient amenés à Vista Point – « Nous nous installerons ici l'été prochain », leur avait annoncé leur mère. À cette occasion, Miriam, qui avait deux ans de plus que Ruth, avait suggéré de la surnommer « le dé à coudre géant ». Il avait néanmoins suffi qu'Ethan, l'aîné de la fratrie du haut de ses 16 ans, propose plus simplement « la Tour » pour que le nom reste.

Ne voyant pas réapparaître la fille après une longue minute d'attente, Zack l'imagina postée devant la Tour, dos aux portes et face à l'incroyable panorama devant elle : le grand fleuve, large d'un demi-kilomètre, la chaîne de montagnes au nord-est, la forêt dense à droite, à gauche et sur les deux rives, le ciel dégagé au-dessus. Depuis ce lieu, l'immense paysage s'étirait à l'infini, tout en bleu saphir et vert émeraude. La fille était sans doute occupée à admirer ce spectacle, ainsi que Zack, son frère et ses sœurs le faisaient quotidiennement depuis leur installation à Vista Point, cinq jours auparavant. Leur nouveau domicile ne se trouvait qu'à une heure de route de Roseburg, le seul endroit où ils avaient vécu jusqu'à présent, mais c'était comme s'ils avaient changé de pays. Vista Point était un minuscule point sur la carte, constitué de maisons éparpillées au milieu d'immenses parcelles de terrain, alors que Roseburg était la plus grande ville de l'État.

– Un nouveau départ nous fera du bien à tous.

Les parents de Zack avaient répété cette phrase si souvent ces dernières semaines qu'il avait fini par se demander s'ils y croyaient vraiment, ou s'ils cherchaient surtout à convaincre leurs quatre enfants.

L'été précédent, son père et sa mère avaient trouvé ce manoir à rénover. Ses propriétaires, un couple de gens âgés, n'avaient plus les moyens de l'entretenir – sans parler du terrain qui l'accompagnait –, et l'avaient mis en vente. À présent, l'avenir des Einstein était tout tracé : ils transformeraient le rez-de-chaussée de leur nouveau domicile en « chambres d'hôtes », ce qui, d'après ce que Zack en avait compris, était le nom qu'on donnait à un petit hôtel installé chez des particuliers. Cependant, il ne s'expliquait toujours pas pourquoi son père avait choisi de quitter son emploi d'architecte pour servir des œufs brouillés le matin et changer des draps. Ni pourquoi sa mère semblait tout aussi impatiente d'abandonner sa formation professionnelle pour devenir enseignante à l'université de Roseburg. Il ne saisissait pas leur enthousiasme à l'idée de déménager, au milieu de nulle part en prime.

– À mon avis, ils pensent que ça nous aidera à être moins tristes pour Susan, lui avait un jour dit Miriam – mais pour Zack ces mots n'avaient aucun sens.

Il continua à guetter la fille par sa fenêtre. Elle ne réapparut pas. Il se demanda si elle était descendue au pied du promontoire pour retourner dans la forêt, ce qui était le moyen le plus sûr de quitter – ou de gagner – la Tour sans être vu des habitants du manoir. Zack regarda son horloge : 15 h 17. Sa mère, son frère et ses sœurs étaient partis passer l'après-midi dans la petite ville voisine de Thornton Falls, et ne rentreraient pas avant au moins une heure. Ils avaient tous insisté pour que Zack les accompagne, mais, ainsi qu'il en avait pris l'habitude depuis cette horrible soirée un an plus tôt, il avait préféré rester lire dans sa chambre. Il n'avait aucune envie de voir des gens, de se retrouver au milieu du monde.

Ethan, à qui il ne manquait plus que trois insignes pour atteindre le plus haut rang chez les scouts, avait tenté de le persuader de venir à l'heure du déjeuner.

– Le premier jour de l'été est toujours propice à l'exploration, Z ! On pourrait aller dans ce magasin qui vend des cartes pour les randonnées.

– J'ai prévu d'emporter mon ballon de basket, avait ajouté Miriam, la plus sportive de la fratrie. On pourrait s'entraîner à marquer. Je t'apprendrai ma nouvelle technique de dribble.

– Ou alors, on pourrait tous aller au kiosque à musique sur la place principale et composer des poèmes.

Ruth avait, tout en parlant, posé sur sa grande sœur un regard exagérément implorant, parce qu'elle savait que celle-ci détestait écrire. Miriam avait pris un air exaspéré, elle aussi par plaisanterie.

Zack appréciait que son frère et ses sœurs fassent tous ces efforts pour tenter de l'inclure dans leurs projets… et le faire rire. Il n'était simplement pas d'humeur à ce qu'on lui remonte le moral. Il ne le serait plus jamais.

Il n'avait plus qu'une idée fixe en tête désormais : il lui restait une heure avant le retour des autres, et la fille qui ressemblait à Susan était là-bas, quelque part près de la Tour. Il patienta une puis deux minutes devant la fenêtre. Il se dit que la fille s'était peut-être perdue, à moins qu'elle n'ait essayé de s'introduire dans la Tour ou qu'elle ne se soit blessée. Il commençait à s'inquiéter sérieusement de ne plus la voir. Il jeta un nouveau coup d'œil à son horloge. Il décida alors d'enfiler ses chaussures, et dévala l'escalier à toute allure.

–Je sors un peu, papa ! cria-t-il en filant vers la porte d'entrée.

–D'accord, mais pas trop longtemps !

Zack était déjà dehors et partait en courant vers la Tour. Il pensait : *Cette fille a peut-être besoin d'aide.*

Deux

LA TOUR INTERDITE

L'accès à la Tour était rigoureusement interdit aux quatre enfants Einstein. Ils avaient l'autorisation de l'admirer de l'extérieur – les lignes bien droites de ses murs gris, constitués de blocs de grès, les plans réguliers de ses neuf faces, l'arrondi délicat des fenêtres à présent presque toutes bouchées –, et même de s'asseoir sur les marches en pierre du perron devant les énormes portes en métal. Mais leurs parents avaient été catégoriques sur ce point: la Tour ne faisait pas partie de leur propriété, et les enfants ne devaient surtout pas essayer d'y pénétrer. Ce qui aurait d'ailleurs été impossible, puisque les portes semblaient fermées à double tour (aucun des quatre membres de la fratrie n'avait osé le vérifier), et que plusieurs panneaux « Défense d'entrer » étaient affichés sur le bâtiment. L'endroit avait l'air à l'abandon, avec ses fenêtres obstruées, ses blocs de pierre qui s'effritaient, sa peinture qui s'écaillait et ses grandes plaques de moisissure – même s'ils étaient tous les quatre d'accord pour dire que la Tour ne paraissait pas aussi décrépite que leurs parents le leur avaient laissé entendre.

Lorsqu'ils étaient venus voir la construction de plus près, le jour de leur installation, Ruth s'était pâmée :

– Ce panorama est si romantique… Il pourrait m'inspirer !

Observant les environs d'un air concentré, elle avait ajouté :

– « En contemplant le fleuve depuis la tour de Vista Point, Bridgette Carlisle sut qu'elle aimerait Thomas Cooper à tout jamais. »

– Personne ne voudrait lire cette histoire, lui avait rétorqué Ethan, avant de pointer du doigt le fleuve en amont. Intéressant… D'ici, le mont Knox est situé à un angle presque parfait de quarante-cinq degrés.

Il avait sorti sa boussole de sa poche pour jouer avec.

Miriam avait fait semblant de marquer un panier.

– Le ballon aussi se trouve à quarante-cinq degrés quand il quitte mes mains.

Ruth avait poussé un soupir appuyé.

– Et ce tir à trois points signe la victoire ! s'était écriée Miriam.

Après avoir fixé le panier imaginaire, elle avait porté son regard vers le fleuve, tout en bas, et la voie rapide qui le longeait.

– Dommage qu'ils aient construit une grande artère comme ça ici. D'après papa, s'ils ne l'avaient pas fait, il n'y aurait que la vieille route derrière le manoir, et les gens de passage auraient continué à faire des arrêts ici.

À cet instant précis, cependant, Zack ne repensait pas à cette visite qui datait de quelques jours. Il avait cessé de courir, et approchait maintenant du bâtiment à grandes enjambées. Il restait bien sûr à l'affût du moindre mouvement alentour. Il savait que son père le surveillait peut-être par la fenêtre de la cuisine. Il dépassa volontairement la Tour et s'engagea sur le sentier qui descendait vers le fleuve, tout en jetant un coup d'œil aux marches du perron. Personne. Zack stoppa net. Le promontoire lui cachait le manoir – et rendait donc le garçon invisible à son père. Il avait tout le loisir de scruter le paysage. Le silence était assourdissant sous le soleil de plomb, haut dans le ciel, et il se sentit non seulement seul, mais aussi très loin de tout soudain, comme si sa nouvelle maison était à des kilomètres de là.

Le souvenir de l'été précédent lui revint une fois encore en mémoire.

À la fin du mois d'août, les sept Einstein s'étaient rendus à la fête foraine de Hugard, au sud de Roseburg. Zack et Susan, sa cadette de deux ans, étaient restés avec leur mère, pendant que les plus grands se dispersaient pour s'amuser dans les différents manèges et attractions. Ethan et leur père s'étaient éloignés ensemble, et les filles étaient parties de leur côté. À 20 heures, alors que le crépuscule s'assombrissait et que les notes d'un groupe de musique country s'échappaient du chapiteau au centre de la fête foraine, Zack et Susan partageaient une barbe à papa, quand leur mère les avait entraînés vers la sortie. Ils s'étaient postés sur le trottoir, le long du grillage. Les gens et les voitures formaient un tourbillon de bruit et de lumière devant eux. Une énorme banderole

– « Bienvenue à la fête foraine de Hugard de 2001 » – était tendue entre deux immenses poteaux face à eux.

– Où sont-ils ? s'impatienta leur mère après avoir brièvement fouillé la foule du regard. On avait pourtant rendez-vous à 20 heures !

Susan arracha une touffe de barbe à papa sur le bâtonnet rigide que son frère tenait, ce qui les fit rire. Zack avait la bouche et les joues poisseuses. Leur mère avait l'air de plus en plus inquiète.

– Attendez-moi ici, tous les deux, dit-elle en jetant un regard sévère à son fils.

Elle lui indiqua l'entrée juste sur leur droite.

– Ils ont dû penser qu'on se retrouverait à l'intérieur…

Elle observa de nouveau son fils avec dureté.

– Ne vous éloignez pas de ce grillage, d'accord ? Je reviens tout de suite.

Susan était concentrée sur la barbe à papa. Soudain, elle cessa de piocher des filaments sucrés pour lancer à son frère d'un ton espiègle :

– Moi, j'ai vu un homme qui portait des tongs violettes.

Elle leva son visage vers le ciel – c'était sa technique habituelle pour perturber Zack lorsqu'ils jouaient à ce jeu.

– Trouvé ! s'exclama-t-il presque aussitôt, en montrant un homme qui venait de les dépasser et chaussé, en effet, des tongs violettes.

Ils adoraient ce jeu, et ce d'autant plus qu'il semblait exaspérer le reste de leur fratrie.

– Et moi, j'ai vu une femme avec deux pommes d'amour et un hot-dog, lança-t-il à son tour.

–Trouvée ! répondit Susan du tac au tac. Oh, tu te souviens, l'an dernier, quand tu avais mangé deux hot-dogs avant de monter sur le grand huit ?

Il agrippa son ventre d'un geste théâtral.

–Ne me parle pas de ça !

Alors que Susan tendait la main vers la barbe à papa, un chaton gris se faufila entre les pieds d'un panneau publicitaire en bois juste à côté d'eux.

–T'as vu ? s'écria-t-elle.

Elle s'agenouilla pour le caresser, mais son mouvement fut trop brusque, et il détala.

–Oh non ! gémit-elle.

Le chaton disparut dans la foule qui envahissait le trottoir et, avant que Zack n'ait eu le temps de la retenir, Susan s'élança à ses trousses.

–Hé ! cria-t-il trop tard.

Sa sœur s'était volatilisée avec le tout petit chat. C'était la dernière image qu'il gardait d'elle : vêtue de son short bleu et de son pull blanc préféré, elle poursuivait un chaton. La suite de ses souvenirs était composée d'un mystérieux ciel sombre, d'un crissement de pneus, d'un bruit mat terrible et de l'impression que mille personnes hurlaient tout autour de lui.

À partir de là, tout n'avait été que chaos, et il n'avait jamais réussi à se rappeler comment sa mère – puis son père, son frère et ses sœurs – l'avait rejoint, ou comment il avait compris que Susan n'était plus là. Tout le monde pleurait et semblait choqué ; autant d'émotions qu'il ne parvenait pas à intégrer. En réalité, il avait beau se concentrer pour faire remonter à la surface les détails de ce qu'il s'était produit après la disparition soudaine de Susan, son esprit n'arrivait pas à y trouver un sens. Il ne savait pas non plus comment il était rentré chez lui ni ce qu'il s'était passé plus tard dans la soirée: il avait tout oublié. Avaient suivi des jours d'une tristesse inhabituelle, un enterrement, et enfin des semaines à rester assis dans sa chambre ou allongé sur son lit. Il ne se souvenait pas de ce qu'il était arrivé pendant cette période ni de ce qu'il avait fait. Il avait fini par retourner à l'école, car le temps poursuivait sa marche inexorable. Il n'avait qu'une certitude: Susan ne reviendrait pas. Et il avait la conviction absolue que c'était à cause de lui, parce qu'il l'avait laissée courir après ce chaton.

–Je n'aurais jamais dû vous laisser seuls tous les deux seuls, répétait souvent sa mère lorsqu'elle le prenait dans ses bras en pleurant. Jamais.

Il avait pourtant l'impression qu'elle ne faisait ça – prendre la faute sur elle – que pour le consoler. Il n'était pas dupe. Il n'avait pas surveillé sa petite sœur aussi attentivement qu'il aurait dû le faire. Sa mère, son père, Ethan ou les filles pouvaient dire ce qu'ils voulaient: il connaissait la vérité.

Zack contempla le grand fleuve en contrebas. Un pont, le seul à une trentaine de kilomètres, enjambait le cours d'eau. Il se trouvait si loin de lui, tellement plus bas, que les voitures dessus ne faisaient pas le moindre bruit. On aurait dit des jouets sur un circuit. Et le fleuve lui-même semblait s'écouler si lentement, à cette distance, qu'il formait une longue bande bleue immobile, étirée d'un bout à l'autre de l'horizon. Une forêt recouvrait les collines sur l'autre rive, si dense que les arbres se confondaient en une immense étendue verte et touffue. Zack se tourna de nouveau vers la Tour. *La fille a dû retourner dans les bois*, pensa-t-il.

Le bâtiment gris était imposant, au soleil. Il avait dû être si beau à l'époque où ses grandes fenêtres n'étaient pas encore bouchées, où les tuiles de son toit étaient au complet, sans la moindre ébréchure. Il avait du mal à croire, après plusieurs visites à la Tour, qu'elle avait pu être laissée ainsi à l'abandon.

Il aperçut soudain un mouvement à l'intérieur.

Au premier étage de la Tour, une silhouette apparut derrière une fenêtre – à peine visible à travers les planches qui l'obstruaient. Une ombre plutôt, si fugace que Zack ne pouvait être certain que sa vue ne lui jouait pas un tour. Il patienta, en vain. Il avança de plusieurs pas en direction de la Tour, sans quitter les fenêtres des yeux. Alors qu'il se rapprochait du perron, il fit une découverte qu'il eut bien peine à croire : les portes du bâtiment de pierre étaient légèrement entrebâillées.

Zack monta prudemment quelques marches. À travers l'interstice entre les deux portes, il entrevit un tout petit bout de l'intérieur, plongé dans la pénombre. Il posa une main sur l'un des battants, et approcha son oreille de l'ouverture. Pas un son. Il se pencha et aperçut une lueur qui se réfléchissait sur le sol en marbre. Il jeta un dernier coup d'œil au fleuve avant de pousser doucement l'une des portes et d'entrer.

Trois

UNE NOUVELLE AMIE

Les yeux de Zack eurent besoin d'un petit moment pour s'accoutumer à l'obscurité dans la Tour. Puis il fut ébloui par ce qu'il vit. En plus du sol en marbre blanc – si pur et délicat qu'on avait presque l'impression de flotter –, les murs lisses étaient d'une teinte rose pâle. Il s'était attendu à retrouver la même pierre grise qu'à l'extérieur. Ici, les murs étaient aussi impeccables que s'ils avaient été peints la semaine précédente. Les colonnes cannelées, également présentes à l'intérieur, s'élevaient autour de lui. Si les fenêtres du rez-de-chaussée étaient toutes bouchées avec des planches, quelques vitres intactes – constituées de carreaux verts et jaunes –, à l'étage, laissaient filtrer une lumière subtile qui créait un éclairage fantomatique. On avait l'impression d'être au cœur d'une forêt en fin de journée, entouré de grands cèdres, dans une atmosphère délicieuse, d'une douce couleur émeraude pâle. Tout était calme et immobile. Le décor était presque parfait, au point qu'on aurait dit qu'il avait à peine souffert du passage du temps.

Il leva les yeux vers la coupole ornée d'une mosaïque dorée. Au centre – au point le plus haut et le plus éloigné de Zack – se trouvait un objet rond, plat et argenté, qui ressemblait un peu à un détecteur de fumée… C'était si étonnant dans ce cadre qu'il fut convaincu de faire erreur. Il scruta plus attentivement le disque, et une fascination inexplicable l'envahit. Cette chose, dont la nature continuait à lui échapper, luisait dans la pénombre. Il inclina la tête pour changer de perspective. On aurait dit une sorte de grand médaillon inséré au milieu de la coupole, même s'il n'y avait pas assez de lumière pour que Zack puisse en distinguer le moindre détail. Une curiosité dévorante l'envahit.

Il laissa son regard glisser vers le sol. Les deux niveaux de la Tour étaient séparés par un cercle de petites sculptures. Des plaques commémoratives, accompagnées de visages de personnes ayant vécu il y avait fort longtemps: Amérindiens avec des coiffes, pionniers, colons, soldats. Alors qu'il les étudiait une par une, il remarqua un étroit escalier en marbre le long du mur sur sa gauche. Il le suivit des yeux jusqu'au premier étage. Là, derrière la balustrade, la fille rousse à la queue-de-cheval l'examinait.

–Salut, dit-elle d'une voix douce en levant une main hésitante.

L'obscurité était si épaisse à l'endroit où elle se trouvait que Zack avait du mal à la voir.

–Salut, répondit-il.

Il y avait quelque chose de si naturel dans le ton de la fille et dans sa façon de l'accueillir qu'il ne fut pas surpris.

Il crut qu'elle allait ajouter quelque chose, pourtant elle se contenta de l'étudier.

–Comment es-tu entrée ? lui demanda-t-il.

Sa voix se réverbéra dans le vaste espace.

Elle pointa le doigt sur la porte que Zack avait laissée ouverte.

–Par-là, dit-elle en haussant les épaules.

–Ce n'était pas fermé ?

Tout en prononçant ces mots, il repensa aux quelques occasions où il s'était rendu à la tour avec son frère et ses sœurs : ils n'avaient pas essayé une seule fois d'y pénétrer. Les portes n'avaient peut-être jamais été verrouillées.

–Non, répondit-elle. Je suis déjà souvent venue voir la Tour, mais c'est la première fois que j'entre.

–On vient d'emménager à côté, lâcha-t-il brusquement. Moi et ma famille.

–Dans la grande maison là-bas ?

–Oui. Je m'appelle Zack. Avant, on vivait à Roseburg.

–Moi, c'est Ann.

Il jeta de nouveau un coup d'œil aux portes.

–Tu es toute seule ?

Elle confirma d'un signe de tête, puis elle se rapprocha de la balustrade pour poser son menton dessus.

–Tu devrais monter voir.

Il gravit rapidement les marches. Dès qu'il se retrouva face à Ann, il s'émerveilla une fois de plus de sa ressemblance avec Susan – les cheveux roux, la queue-de-cheval, les grands yeux marron. Elle faisait également la même taille qu'elle.

–J'avais bien l'impression d'avoir aperçu quelqu'un à l'intérieur, dit-il. C'était toi.

Elle sourit, lèvres serrées, puis hocha vivement la tête.

–Pareil ! J'étais sûre d'avoir aperçu quelqu'un dehors. Et c'était toi !

Elle avait l'air aussi enchantée que s'il lui avait proposé de partager un sachet de bonbons.

–Au début, je t'ai pris pour un garçon de l'école. Tu as les mêmes cheveux bruns et touffus que lui. Et tu es aussi maigre que lui.

Zack sourit malgré lui.

–Quel âge as-tu ?

–9 ans, lui répondit-elle.

–Et moi, 11.

–Un double 1, la chance !

Il rit.

–Mon anniversaire est en octobre. Et le tien ?

–Le 5 mai.

–Cinco de Mayo.

–Quoi ? fit Ann.

–C'est une fête mexicaine.

–C'est mon anniversaire, surtout.

Ann s'exprimait avec une telle franchise que Zack rit de nouveau.

–Tu vis dans le coin ? lui demanda-t-il.

Elle fit oui de la tête.

–Vista Point est le meilleur endroit au monde. Il y a des cascades, des coins où se baigner et des sentiers de randonnée. J'adore partir en exploration.

Elle jeta un coup d'œil par-dessus la rambarde.

– J'aime bien cet endroit. J'ai toujours rêvé de voir l'intérieur.

– Je ne savais pas que c'était possible d'entrer. J'avais imaginé une ruine, alors que c'est plutôt chouette ici.

– Très chouette, oui.

Elle se mit à examiner la coupole en arrondissant la bouche.

– Et c'est calme.

– Tu vis où, exactement ?

– De l'autre côté de la forêt.

– Et tes parents te laissent sortir seule ?

– Je connais tous les sentiers du coin.

Ce n'était pas vraiment une réponse à la question de Zack.

– Et les meilleurs endroits pour se baigner, poursuivit-elle. J'ai toujours vécu à Vista Point.

Aucun d'eux n'ajouta rien pendant un instant, et un silence épais s'abattit sur la Tour. Zack observa le médaillon au plafond, et remarqua qu'il semblait y avoir des mots écrits dessus.

– Tu as des frères et sœurs ? demanda Ann. Pas moi.

– Un frère et trois sœurs.

Il s'interrompit.

– Enfin la plus jeune de mes sœurs n'est plus là.

Puis, ayant l'impression d'avoir dévoilé une information qu'il n'avait aucune envie de développer, il ajouta :

– Ils sont allés faire du shopping à Thornton Falls, avec ma mère.

Ann le dévisageait, elle semblait attendre quelque chose.

–Qu'est-ce que ça veut dire, elle n'est plus là ?

–Elle a eu un grave accident l'été dernier.

Il leva les yeux vers le plafond.

–Je suis vraiment désolée.

La Tour fut de nouveau plongée dans le silence. Ann tendit le cou pour se livrer à un examen scrupuleux des lieux.

–Ça va ? s'inquiéta Zack.

Elle lui adressa un minuscule sourire pour le rassurer. Elle avait les dents légèrement de travers, ce qui lui donnait l'air plus jeune.

–Quel est ton plat préféré ? lui demanda-t-elle. Moi, ce sont les flocons d'avoine avec du lait et des pépites de chocolat. J'adore ça !

Il éclata de rire. Il ne s'attendait pas du tout à cette question.

–Mon plat préféré ? Je pense que c'est le gâteau au chocolat, avec un glaçage aux noix de pécan et à la noix de coco. Ma mère m'en prépare toujours un pour mon anniversaire. Mon père dit que ce gâteau porte chance, mais je crois qu'il raconte n'importe quoi.

–Ma mère m'a dit que cet endroit portait chance.

–La Tour ?

–Oui, elle porte chance à tous les gens du coin.

Elle fit un ample geste du bras qui semblait désigner le bâtiment et les environs.

–En tout cas, j'ai de la chance de vivre à côté, dit Zack, qui ne comprenait pas très bien ce qu'Ann essayait de lui dire.

–Tu peux venir quand tu veux !

Une onde de culpabilité parcourut Zack.

–Mes parents m'ont interdit d'entrer dans la Tour. À moi, à mon frère et à mes sœurs. Ils seraient furieux s'ils savaient que je suis ici.

–Tu pourrais leur parler, non ? Essayer de les convaincre... Comment tu t'appelles, déjà ?

–Zack.

–Zack, répéta-t-elle comme pour tester les sonorités de ce prénom. J'avais l'impression que tu avais dit Jack avant.

–Non, Zack.

–Ça rime avec beaucoup de choses. Bac, sac, yak. J'aime bien écrire des poèmes. À l'école et chez moi.

Elle pointa brusquement le doigt vers le médaillon.

–Hé, j'étais en train d'étudier ce truc quand tu es arrivé. Tu l'as vu ?

–Oui, en entrant.

–Ah, il m'avait bien semblé que tu le regardais !

Elle le prit par la main pour l'entraîner le long de la balustrade, jusqu'à ce qu'ils atteignent un endroit où la lumière d'une fenêtre éclairait presque directement le médaillon.

–On le voit mieux d'ici, expliqua-t-elle. Tu réussis à lire ce qui est écrit ? Je n'ai pas de très bons yeux.

Zack scruta le disque plat – qui devait faire une vingtaine de centimètres de diamètre – en argent ou en nickel. Trois cercles concentriques constitués de « mots » (Zack n'en connaissait pas un seul) entouraient les trois qui se trouvaient au centre.

–C'est du charabia, conclut Zack. On dirait des lettres qui s'enchaînent au hasard.

–Ah bon… En tout cas, c'est…

Elle s'interrompit, pourtant il avait l'impression de savoir ce qu'elle avait voulu dire. Ce mystérieux médaillon, avec ses mots étranges, semblait avoir une sorte de pouvoir : il ressentit une quiétude inattendue, momentanée, ce qu'il ne lui était pas arrivé depuis longtemps.

–C'est intéressant, dit-il.

Son père employait souvent ce terme pour qualifier les choses qu'il ne parvenait pas tout à fait à expliquer.

–Exactement, approuva-t-elle. C'est intéressant.

Un appel leur provint à distance.

–Zack !

–Mon père ! précisa-t-il à Ann.

Il se rendit compte qu'il était parti depuis plus de vingt minutes maintenant.

–Zack !

Les deux enfants dévalèrent les marches et sortirent sans un mot. Lorsqu'ils eurent retrouvé la lumière du soleil, Zack referma les portes derrière eux, avant de crier :

–J'arrive, papa !

Il se tourna vers Ann.

–Je suis très souvent chez moi, tu peux venir quand tu veux. Mon père ne doit pas savoir qu'on était dans la Tour.

Il lui indiqua le sentier qui descendait pour lui faire comprendre qu'ils devaient passer par là, pour remonter un peu plus loin, à l'écart du bâtiment.

–Je ne veux pas que tu aies des ennuis, dit-elle avant d'écarquiller les yeux comme si elle venait de penser à quelque chose. Et je ne veux pas non plus en avoir !

–Je ne dirai rien. Je ne leur parlerai même pas de notre rencontre, d'accord ?

–Zack ! l'appela son père. Où es-tu ?

Ann hocha la tête.

–D'accord, mais on se redonne rendez-vous ici ?

Il lui tendit la main.

–Marché conclu.

Un sourire jusqu'aux oreilles, elle lui serra la main.

–Marché conclu !

–J'arrive ! lança-t-il à l'intention de son père.

Ils avancèrent de quelques mètres sur le sentier, avant de tourner à droite. Puis Zack retourna vers le promontoire, tandis qu'elle continuait en direction des bois sans un regard en arrière.

–Zack ! lui cria son père, plus fort cette fois. Où es-tu ?

Il courut et agita la main dès qu'il l'aperçut. Son père se trouvait près du manoir.

–Je suis là, papa ! Je vais bien, j'arrive !

Jetant un coup d'œil par-dessus son épaule, il vit Ann disparaître dans la forêt. Elle ressemblait tellement à Susan à cet instant précis qu'il en eut le cœur serré. Il se fit alors la réflexion qu'une chose tout aussi incroyable venait de se produire : elle avait réussi à le faire rire à deux ou trois reprises. Il avait l'impression qu'il ne s'était pas senti aussi léger, aussi bien depuis une éternité.

Il scruta les rangées épaisses de cèdres et de conifères.

J'espère la revoir demain, songea-t-il.

Quatre

DISCUSSIONS AU DÎNER

Les Einstein n'avaient jamais été du genre à faire shabbat le vendredi soir. Pourtant, depuis le mois d'octobre, au moment où Zack était retourné en cours après avoir raté les premières semaines, sa mère et son père avaient pris l'habitude, le vendredi soir, avant le dîner, d'allumer deux bougies et de réciter une ou deux prières. Ensuite, certains disaient quelques mots au sujet de Susan. Zack, pour des raisons qu'il ne s'expliquait pas lui-même, n'avait jamais pris la parole. Ils allaient passer leur premier dîner du vendredi sous leur nouveau toit, et Zack attendait ce soir-là avec impatience : il savait qu'il serait spécial.

Le manoir requérait beaucoup de travaux, et pourtant Zack, le moins motivé de tous par ce déménagement, devait bien reconnaître qu'il était impressionnant. Son père aimait le décrire comme une « demeure à deux étages de style victorien ». Avec dix chambres, des plafonds deux fois plus hauts que ceux de leur maison à Roseburg, une galerie qui faisait presque entièrement son tour et sept pignons – « pour les sept Einstein », avait souligné Ethan. Il fallait réparer le revêtement et le toit, remplacer les gouttières, sans parler du nettoyage et de la peinture à l'intérieur… La tâche paraissait sans fin, mais maintenant qu'ils avaient officiellement emménagé, tous les Einstein s'émerveillaient, à des degrés différents, de vivre dans une maison aussi vaste et aussi belle.

–Morton, tu t'occupes des bougies ce soir, lui dit son épouse.

Il gratta sa barbe noire broussailleuse d'un air perplexe.

–C'est déjà moi qui m'en suis chargé la semaine dernière. C'est ton tour. On se relaie toujours !

Il prit la petite boîte d'allumettes posée sur la nappe blanche, et fit semblant de lire une inscription au dos :

–En ce premier jour de l'été, Deborah Einstein, cheffe cuisinière hors pair, et bientôt promise à une brillante carrière d'institutrice, récitera la prière du shabbat en présence de sa famille. Et elle ne contestera pas ce point avec son époux aimant.

–Ce n'est pas du tout ce qu'il est écrit ! protesta-t-elle avant de lui arracher la boîte des mains.

Ils éclatèrent de rire.

Le père de Zack était grand et dégingandé, avec une belle tignasse et une barbe qu'il avait, au goût de son fils, trop laissée pousser ces derniers mois. Sa mère, quant à elle, était si petite que Zack la dépassait, et il avait une taille tout à fait dans la moyenne pour un garçon qui ferait sa rentrée en cinquième à la fin de l'été. Elle avait des cheveux roux

– Susan était la seule des enfants Einstein à avoir hérité de cette caractéristique –, des mains délicates et des yeux tombants qui lui donnaient un air un peu triste, ce qui s'était accentué ces derniers temps.

–Je m'en charge! proposa Miriam avec une exaspération feinte.

Elle s'empara des allumettes et se plaça devant les deux bougies blanches.

–Crise évitée, dit Morton.

Miriam lui décocha un sourire fier et fit semblant de secouer une chevelure imaginaire d'un mouvement théâtral. C'était l'une de ses blagues habituelles, car elle avait les cheveux les plus courts de la famille – elle tenait à son petit carré, qui lui permettait d'être tranquille lorsqu'elle jouait au basket.

–Tu sais qu'il faut toujours s'assurer que l'allumette est bien éteinte avant de la reposer? lui dit Ethan. Pour citer mon chef scout, la plupart des incendies de forêt sont dus à la négligence des gens avec les allumettes.

Après un silence, il ajouta:

–Je dis ça comme ça.

Miriam promena son regard autour d'elle, l'air de chercher une abeille qu'elle aurait entendue bourdonner.

–Parce qu'on est dans une forêt, là? répliqua-t-elle sèchement.

–« Miriam Einstein n'avait nullement l'intention de mettre le feu au manoir en ce tragique vendredi soir », intervint Ruth. Ça ferait un super début de roman!

–Assez! s'emporta leur père. C'est l'heure de la prière.

Il se dirigea vers l'interrupteur et, avant d'éteindre la lumière, lança un regard à Miriam.

–Allons-y.

Elle gratta une allumette, puis l'approcha des deux mèches avant de l'éteindre d'un geste exagéré. Elle décrivit ensuite de larges cercles avec ses mains au-dessus des bougies, comme elle avait vu sa grand-mère paternelle le faire à de nombreuses occasions – afin d'encourager les flammes à grandir ou de donner une importance dramatique à ce moment.

–Béni sois-tu, dit-elle, Seigneur notre Dieu, Roi... ou Reine... de l'univers...

–Pourquoi tu ne dis pas simplement « qui règnes », si « roi » te dérange ? murmura Ruth.

–Laisse-la terminer, la rabroua sa mère.

–Qui règnes sur l'univers, reprit Miriam. Qui crées la lumière du feu.

Elle releva la tête et lança d'un ton triomphal :

–Amen !

–Amen ! répondirent tous les autres.

Deborah et Morton s'embrassèrent, puis tous fixèrent en silence les flammes vacillantes des bougies. Le lustre au plafond, un entrelacs sophistiqué de bronze rouillé et d'ampoules en forme de gouttes, était éteint, et la salle à manger aux lambris foncés était plongée dans la pénombre.

–Je n'arrive pas à croire que d'ici deux mois ça fera un an, dit Ruth. Elle me manque.

–J'ai parfois l'impression d'entendre sa voix, ajouta Ethan. Avec son léger zézaiement.

–Je ne sais pas comment je me sentirai en août, confessa Deborah.

Elle se tourna vers son mari et continua :

–Je suis heureuse que nous ayons ce nouveau projet avec le manoir. Cette nouvelle vie. Susan aurait adoré cet endroit. Elle aurait…

Elle ne put aller au bout de sa phrase ; elle plaqua ses deux mains sur son visage et fondit en larmes.

Morton la prit dans ses bras, et personne ne prononça un mot. Zack sentit les larmes monter alors qu'il se concentrait sur son assiette. Les sanglots discrets de sa mère se prolongèrent pendant que son père lui chuchotait des paroles de réconfort.

Au bout d'un moment, elle découvrit son visage et poussa un soupir définitif.

–Je vais bien, dit-elle sans conviction. Je vais bien, je suis désolée. C'est juste…

–On sait, maman, la coupa Ethan avec douceur. C'est normal. On comprend.

Le silence revint. Personne ne détournait les yeux des bougies.

–Zack ? lui lança son père. Tu veux dire quelque chose ?

Un ange passa. Assis sur sa chaise, Zack ne bougeait pas et ne redressait pas la tête. Sa mère se leva et vint l'enlacer par-derrière sans un mot, puis elle s'éloigna pour allumer le lustre. De la voix la plus guillerette possible, elle annonça :

–Au menu, curry vert de poulet, pour ceux qui mangent de la viande. C'est-à-dire tout le monde, sauf Ruth. Je n'ai encore jamais testé cette recette, alors je réclame votre indulgence.

Pendant qu'Ethan l'aidait à apporter les plats à table, Ruth déplaça les bougies sur la console, et ils s'assirent tous pour ce cinquième dîner dans leur nouvelle maison.

Zack n'avait pas réussi à se sortir de la tête sa rencontre avec Ann, même si Ethan l'avait régalé d'anecdotes sur la boutique de randonnée. Indépendamment de la splendeur insoupçonnée de l'intérieur de la Tour, et du mystérieux médaillon au plafond, cette fille lui avait rendu le sourire. Pour la première fois, il se sentait un peu moins triste. Alors que tous les étés précédents lui avaient paru pleins de promesses et d'exaltation, celui-ci s'annonçait comme un prolongement de l'enfilade de jours gris qu'il traversait depuis des mois... jusqu'à l'après-midi qu'il venait de passer.

Profitant d'une pause dans la conversation, il dit :

– Papa, pourquoi les gens ne viennent plus voir la Tour ?

Morton se tourna vers son épouse, qui posa sa fourchette avant de répondre :

– Elle a été construite il y a plus d'une centaine d'années, tu sais, elle est ancienne. D'après nos recherches, son entretien a laissé à désirer pendant une longue période à cause d'un manque d'argent. Elle était destinée à faire office d'observatoire, mais a surtout servi d'aire de repos pour les voyageurs de passage, malheureusement.

– Maintenant les automobilistes doivent se contenter de minuscules parkings remplis de bennes pour leurs arrêts sur la voie rapide, ironisa Miriam. S'ils ont de la chance.

–Tu exagères un peu, Miss Didrikson, lui rétorqua son père.

Elle poussa un soupir appuyé.

–Papa, donne-moi au moins le surnom d'une femme vivante. Cette athlète doit être morte depuis un siècle minimum.

Ethan éclata de rire.

–Vous rêvez de devenir nul en histoire ? Ou comment inventer une nouvelle chronologie avec Miriam.

Cette façon de se moquer les uns des autres était une blague familiale depuis que les parents Einstein avaient décidé de déménager à Vista Point. Ils avaient acheté un manuel intitulé : *Vous rêvez d'ouvrir des chambres d'hôtes ? Ou comment installer et gérer votre propre établissement.* Si le contenu du livre s'était révélé précieux pour anticiper le travail qui les attendait, son titre avait, dès lors, servi de base à toutes sortes de vannes.

« Vous rêvez de manger un sandwich ? lançait leur père lorsqu'il voyait l'un de ses enfants faire un encas. Ou comment apprendre à étaler du fromage frais sur votre bagel aux graines de sésame. » « Vous rêvez de laisser traîner vos chaussettes partout ? disait leur mère en entrant dans la chambre en désordre de Ruth. Ou comment rendre facilement vos parents fous en vivant dans une tanière puante. »

–Bref, reprit leur père, qui voulait poursuivre la conversation sur la Tour. Autrefois, la seule route du coin traversait notre propriété. C'était un grand axe. Il n'en reste presque plus rien. Quand ils ont construit la voie rapide le long du fleuve, il y a une trentaine d'années, les débats pour aménager un accès à la Tour n'ont pas abouti et elle a été laissée à l'abandon. Personne ne s'en est jamais vraiment indigné. C'est dommage.

– Les membres d'une association culturelle se chargent de venir la nettoyer de temps en temps, pour éviter qu'elle ne tombe en ruine, ajouta leur mère. Elle leur appartient. J'aimerais beaucoup qu'ils nous l'ouvrent, un de ces quatre, pour qu'on puisse jeter un œil à l'intérieur.

– Ça serait dément, dit Ethan.

Et encore, tu n'as pas vu l'intérieur, aurait voulu lui répondre Zack.

– Faites bien attention quand vous vous en approchez, leur dit leur père. Je ne voudrais pas qu'un mur vous tombe dessus.

– Tu l'as vue comme nous, papa, intervint Miriam, la Tour n'est pas du tout sur le point de s'écrouler.

– On devrait la restaurer, suggéra Zack.

Tous les autres membres de la famille interrompirent leur repas, et il se rendit compte qu'il s'était exprimé avec un enthousiasme qu'il manifestait rarement – du moins depuis les événements de l'été précédent. Il les considéra un à un.

– Elle ne nous appartient pas, je sais, mais si ça se trouve, on pourrait obtenir l'autorisation de s'en occuper ? De la rendre aussi belle qu'avant ?

Sa mère fit un geste en direction du plafond.

– Le manoir va nous prendre toute notre énergie pour un long moment.

–Et notre argent, maugréa son père, ponctuant sa sortie d'un petit raclement de gorge, les yeux baissés vers son assiette.

–Et notre argent, confirma sa mère avant de sourire à Zack. En tout cas, ça me paraît une bonne idée d'essayer, un jour, de nous occuper de la Tour. Qui sait ? Si on se montre convaincants, l'association sera peut-être ravie de s'en débarrasser ?

Elle cocha une case imaginaire dans les airs.

–Un nouveau projet !

Elle ne songeait pas à mal ; pourtant, sa façon de formuler les choses – de présenter cette entreprise comme un effort à envisager dans un avenir lointain – découragea Zack, et il se remit à manger en silence.

–Vous pensez sérieusement que le manoir sera prêt d'ici la fin de l'été ? demanda Miriam en se tournant vers ses parents. La rentrée est dans moins de trois mois.

Elle dirigea son regard à gauche, à droite, puis vers le plafond.

–Il y a beaucoup à faire.

Leur père se tapota la tempe.

–C'est à ça qu'on reconnaît l'immense génie de Morton Einstein. On ouvrira pile au moment où l'activité ralentira. Ça nous laissera le temps de bien trouver nos marques.

Deborah lui adressa un sourire figé.

–Je te signale qu'on y a pensé ensemble. Mais oui, ajouta-t-elle à l'intention des enfants, c'est l'idée. Qui nous a été inspirée par le livre.

–On voulait aussi évoquer un autre sujet avec vous, reprit leur père. On a entendu parler d'une sorte de campement dans la forêt, où vivraient des gens.

–Une communauté, précisa leur mère. Composée d'individus qui évoluent en marge de la société. Et vivent de la terre, je crois.

–Des hippies ? demanda Ruth avec enthousiasme. Il y a une communauté hippie près de chez nous ? C'est classe ! J'ai toujours rêvé d'en rencontrer.

–Ce ne sont pas des hippies, lui répondit son père, mais des gens qui ont opté pour un « mode de vie alternatif ».

Il détacha bien les syllabes des quatre derniers mots.

–Et on est censés les éviter ? s'enquit Miriam.

–Je ne pense pas, non, rétorqua Morton. On voulait simplement vous prévenir, au cas où vous tomberiez sur eux.

–Ils vivent dans des cabanes, à ce qu'on en a compris, ajouta Deborah. Pas juste à côté de chez nous, plutôt dans l'autre partie de la forêt.

Elle esquissa un geste vague vers la fenêtre avant de se remettre à manger.

Zack était sonné par ce qu'il venait d'apprendre. Ann lui avait dit qu'elle habitait dans ce coin-là.

–Tout va bien, Z ? s'inquiéta Ethan.

Redressant la tête, Zack vit que tous les autres l'observaient. Il détestait être au centre de l'attention. Il aspirait à être traité normalement, ce qui avait été le cas toute sa vie, jusqu'au mois d'août dernier.

–Très bien, dit-il en se levant. Je vais monter lire dans ma chambre.

–Tu es sûr de ne pas vouloir rester un peu avec nous ? insista son père.

–Sûr et certain. J'ai envie de lire.

Il s'éloigna vers l'escalier. En réalité, il avait surtout envie que Susan les rejoigne dans la salle à manger, qu'elle parle et rie. Comme autrefois.

Et il avait envie de revoir Ann.

Cinq

LUMIÈRES SUR L'AUTRE RIVE

La journée du lendemain fut chaude et interminable; Zack en consacra l'essentiel à finir le premier tome de *Faucons et Brigands*, puis à commencer le suivant, « Le Vallon des Faucons », qu'il avait également déjà lu. Il adorait cette série de douze volumes, parce que les héros de l'histoire – des frères et sœurs – étaient aussi courageux qu'inventifs, et parce que leurs aventures – ils faisaient du bateau, du camping et de la randonnée – semblaient vraiment amusantes. Il s'était rendu compte que désormais il vivait lui aussi dans un endroit où il pourrait reproduire les exploits des personnages. Bien sûr, il avait aussi remarqué que la fratrie était composée de deux frères et de trois sœurs, comme la sienne.

Indépendamment du plaisir qu'il prenait avec cette lecture, et de sa préférence pour la solitude, il avait une très bonne raison de passer autant d'heures dans sa chambre ce jour-là: il voulait apercevoir Ann. Toute la matinée, puis tout l'après-midi, alors qu'il lisait sur son lit, il avait gardé un œil sur sa fenêtre, dans l'espoir de la voir surgir des bois pour retourner à la Tour, ou, peut-être, lui rendre visite chez lui. Ce n'était pas arrivé, et il s'était résolu à une soirée au calme. Il jouerait peut-être au backgammon avec Ethan, à moins que Ruth ne soit d'humeur à lui montrer ses dessins, ou que sa mère n'ait envie de préparer l'une de ses fameuses tartes aux myrtilles.

Après le dîner, au moment où le ciel s'assombrissait. Ethan frappa à la porte de Zack, et dit en entrant :

– On va à la Tour, Z, tous les trois, pour observer les étoiles. Tu devrais venir.

Dix minutes plus tard, les quatre enfants Einstein étaient assis sur les marches du perron du bâtiment et admiraient le ciel nocturne, qui s'obscurcissait de minute en minute. Les étoiles étaient plus brillantes et nombreuses ici qu'à Roseburg, pour le plus grand plaisir de Zack. Jusqu'à présent, il n'avait vu un tel spectacle que lorsque sa famille partait camper ou allait en vacances au bord de l'océan. Il avait contemplé le firmament tous les soirs depuis leur arrivée en début de semaine. Pourtant, le spectacle restait toujours aussi époustouflant. Les points jaune scintillant étaient si denses et si étendus qu'ils formaient une traînée interminable, une explosion de clarté dans le noir.

– Si tu suis les deux étoiles en dessous de la Grande Ourse, lui dit Ethan, assis juste à côté, et que tu descends tout droit, tu tombes sur l'étoile Polaire. Juste là. Et en remontant à partir d'elle, tu trouves la Petite Ourse, dont elle fait partie.

Zack admirait son grand frère et était constamment impressionné par l'étendue de ses connaissances sur le monde qui l'entourait. L'une des premières choses qu'il avait faites à son arrivée à Vista Point avait été de chercher une nouvelle patrouille de scouts, puisqu'il avait dû quitter celle de Roseburg.

–Z, maintenant que tu as 11 ans, lui avait-il dit à plus d'une reprise ces derniers mois, tu pourrais aussi devenir scout, tu sais ?

C'était tentant… La perspective de pouvoir partir randonner, à pied ou à vélo, avec Ethan le réjouissait, pourtant il n'avait pas encore sauté le pas.

–Les étoiles sont incroyables ici, dit Ruth, qui scrutait le ciel. Ça fait penser à tous les vœux que les gens font en les regardant.

–Ne nous dis pas que tu pourrais écrire une super histoire là-dessus ! la taquina Miriam avant de lever le bras. Ethan, comment s'appelle cette constellation, déjà ? Celle en forme de W ?

–Cassiopée. En descendant à partir de l'étoile Polaire. C'était une reine. Ici, elle est censée tenir un miroir, mais il faut un peu d'imagination.

–« Cassiopée se contempla dans son miroir et se demanda si quelqu'un tomberait un jour amoureux d'elle », dit Ruth.

–Tu le fais exprès pour nous agacer, lança Miriam.

Ruth et Ethan éclatèrent de rire avec elle.

–Ton idée de restauration de la Tour me plaît bien, Zack, reprit Ruth.

Elle se leva et posa une main sur le grès.

–Sérieusement, je pense qu'on devrait le faire. Les gens adoreraient visiter ce vieux bâtiment.

Après être restée silencieuse un instant, elle ajouta:

–Vous aimez Vista Point jusqu'ici, vous? Mes amis me manquent, mais je reconnais que c'est plutôt chouette comme endroit. Paisible. Tellement calme que c'en est bizarre. Dans le bon sens du terme.

–J'ai un peu peur de ma rentrée en première, confessa Ethan. J'aurais préféré rester à Roseburg jusqu'à la fin du lycée, plutôt que d'en changer en cours de route... Enfin, on est ici maintenant, et puis papa et maman sont emballés par ce projet de chambres d'hôtes. Sans oublier que c'est cool d'habiter dans une forêt et au-dessus d'un fleuve. On a un peu l'impression de camper, non?

–Je vois ce que tu veux dire, approuva Miriam. Je pourrais m'habituer à ce nouveau cadre, je crois.

Zack fut surpris: d'eux tous, sa sœur aînée était la plus attachée à la vie citadine. Elle adorait jouer au basket dans le parc près de chez eux, à Roseburg, et elle passait beaucoup d'heures à s'entraîner au gymnase, parce qu'elle était meneuse dans l'équipe du lycée.

–Maman et papa cherchent vraiment à ce que tout soit parfait pour nous, souligna Ruth.

–On est bien ici, confirma Zack.

Une fois de plus, sa remarque fut accueillie par un étrange silence crispé, signe que tout le monde était surpris – voire légèrement émerveillé – de l'entendre parler.

–Mais ce n'est pas vraiment chez nous sans Susan, reprit-il. On n'est pas au complet.

Ils n'ajoutèrent pas un mot pendant un moment. Malgré les grillons qui chantaient tout autour d'eux, Zack perçut le silence bourdonnant de la nuit – en raison de la faible brise, peut-être, ou du lent écoulement du fleuve au loin. Il percevait une discrète vibration dans l'air.

–Je me dis que puisqu'on est ici maintenant, poursuivit Ethan, autant prendre les choses du bon côté.

–« Ethan Einstein était l'un des garçons les plus sensibles à avoir intégré la patrouille 213 des scouts », dit Ruth.

–Ahhh ! grogna Miriam. Arrête ça !

–Hé, qu'est-ce que c'était ?

Ruth avait presque interrompu sa sœur et l'étrange note d'urgence dans sa voix pétrifia les trois autres enfants Einstein. Zack crut qu'elle avait entendu un bruit à proximité, et, l'espace d'un bref instant, une pensée folle lui traversa l'esprit : Ann approchait et avait manqué de discrétion. Pourtant, en se tournant vers sa sœur, il vit qu'elle regardait le fleuve, et plus précisément la rive la plus distante plongée dans le noir. Il scruta l'obscurité et, au milieu de la masse d'ombres épaisses qui se dressaient au nord – où il y avait tant d'arbres que, même de jour, il était presque impossible de discerner des maisons ou des routes –, une lumière clignotait.

–Quoi ? demanda Miriam.

–Là ! lui dit-il en se levant.

Il descendit d'une marche, le bras tendu devant lui.

–De la lumière, précisa-t-il.

– Ah oui, je la vois !

– C'est une voiture ? lança Ruth.

– La lueur se trouve à près d'un kilomètre de nous, et elle est très vive, observa Ethan. Si c'était une voiture, il faudrait que ses phares soient très puissants et braqués pile sur nous.

– Dans ce cas, qu'est-ce que ça peut bien être ? insista Miriam.

– Aucune idée, concéda Ethan.

Le clignotement se poursuivit sous le regard de la fratrie. Ils identifiaient quelques lueurs faibles de leur côté du fleuve – elles devaient provenir de maisons perdues parmi les arbres, ou de l'éclairage public le long d'une route invisible –, mais la rive nord du grand fleuve se résumait en quelque sorte à une immense muraille sombre… au milieu de laquelle brillait cette unique source de lumière.

– Je me demande… débuta Zack avant de se souvenir de l'une des péripéties de sa série de romans. Dans le tome 4 de *Faucons et Brigands*, les personnages communiquent entre eux à l'aide d'une lampe torche. C'est peut-être ce qu'il se passe.

Ethan se donna une tape bruyante sur le front.

– Tu es un génie, Z ! J'aurais dû comprendre tout de suite. C'est du morse, j'en suis certain. On a appris ce code lors d'un camp scout l'an dernier.

– Le truc avec des points et des traits ? s'enquit Miriam.

– Oui ! Ça permet de former des lettres, qui elles-mêmes forment des mots. Un flash rapide représente un point, une lumière plus longue un trait.

–Et ça donne un message! Comme dans une histoire! s'enthousiasma Ruth.

–Attendez une minute, protesta Miriam. Il fait nuit, personne ne sait qu'on est ici, et qui pourrait bien nous envoyer un message, de toute façon? Ça doit être une coïncidence.

Après un silence, elle ajouta:

–Ce n'est peut-être même pas du morse. Si ça se trouve, c'est juste une lampe torche qui marche mal.

–Moi, j'ai vraiment l'impression qu'il s'agit de signaux, le contredit Ethan. Dommage qu'on n'ait pas de papier pour pouvoir noter le code!

Zack se tourna vers Ruth.

–Tu n'as pas pris ton journal intime?

Elle haussa les épaules, l'air de suggérer que cette question était stupide, alors qu'elle avait pourtant l'habitude de l'emporter presque partout pour y écrire ses idées d'histoire ou de poème.

–De nuit? répliqua-t-elle. Je ne pourrais rien écrire.

–Essayons de retenir l'enchaînement des signaux, dit Ethan.

À cet instant précis, la lumière s'éteignit. Ça avait duré trois minutes tout au plus, et ils se retrouvaient à nouveau plongés dans l'obscurité. Ils guettèrent la lumière – ils étaient si impatients de la revoir qu'ils priaient tous intérieurement pour qu'elle revienne, mais au bout de près d'une minute d'attente, ils durent se rendre à l'évidence: c'était terminé.

–Que la lumière soit! s'exclama Miriam.

Elle sentit le regard réprobateur d'Ethan sur elle.

–Tu te rends compte que c'est un sacrilège de dire ça ?

–Tout de suite les grands mots, avec toi…

–Vous rêvez de rater votre examen d'admission à la fac ? Ou comment…

–Ça suffit, l'interrompit Ruth. C'était trop cool, ce qu'on vient de voir ! Un message codé, vous vous rendez compte ?

Zack se tourna vers son frère.

–Tu crois vraiment que c'en était un ?

–Oui. Qu'est-ce que ça pourrait être d'autre ?

–Mais si une personne envoyait des signaux avec une lampe tout là-bas, ce serait pour tenter de communiquer avec quelqu'un ici, et ça serait absurde enfin ! contra Miriam. Il suffirait de décrocher son téléphone ! Ou de prendre sa voiture !

–Eh bien, peut-être que cette personne cherche à contacter quelqu'un…

Ruth tourna la tête d'un côté puis de l'autre, dans l'espoir de découvrir une réponse dans l'obscurité environnante.

–Je ne sais pas, moi, quelqu'un qui vit près d'ici et qui n'a pas le téléphone, ou…

–J'ai vraiment l'impression qu'il s'agissait d'un faisceau lumineux dirigé droit sur nous, rétorqua Ethan.

–Ça n'a aucun sens, s'entêta Miriam. Je penche plutôt pour un coup du sort. Oh là là, je parle comme maman, maintenant. « Un coup du sort ».

–On doit rentrer raconter ça aux parents, rebondit Ethan.

–On pourrait garder ce secret pour nous, dit Ruth. Ce serait plus mystérieux…

Zack fit quelques pas pour se rapprocher du bord du promontoire, et il fouilla l'obscurité des yeux. Il perçut de nouveau ce bourdonnement qui semblait émaner de la forêt, du ciel noir et du fleuve en bas. Il eut brièvement la certitude que la lumière allait réapparaître.

–Et si cette personne cherchait quelqu'un ? demanda-t-il. Quelqu'un qui se serait perdu ?

Silence.

Il continua à scruter la rive nord.

–C'était bien un message, dit-il. J'en suis certain.

–On devrait rentrer, insista Ethan. Il ne faut surtout pas que maman et papa se fassent du souci.

–On reviendra demain soir, proposa Miriam. Et on verra bien si on reçoit encore des signaux.

Six

NOUVELLE VISITE À LA TOUR

Les quatre enfants Einstein racontèrent toute l'histoire à leurs parents, mais personne ne trouva d'explication, en dépit des nombreuses conversations et spéculations, qui occupèrent les jours suivants. Ethan, Ruth et Zack étaient convaincus que quelqu'un cherchait à leur adresser un message en morse. Miriam et leur père pensaient, eux, qu'il s'agissait plus vraisemblablement d'un éclairage défaillant, appartenant à une voiture ou à une maison, et que le clignotement n'avait rien de délibéré. Leur mère, elle, était d'avis qu'on ne pouvait rien en conclure.

–Quasiment personne n'est au courant de notre installation ici. Et qui aurait pu savoir que vous seriez tous les quatre à la Tour à cette heure précise de la soirée ? Ou même qu'il y aurait quelqu'un ? C'étaient sans doute juste des gamins qui faisaient les andouilles.

Ethan, pourtant, passa une partie de l'après-midi du lendemain à scruter la rive opposée du fleuve avec des jumelles : il cherchait à localiser l'endroit d'où provenait la lumière.

–Je n'ai rien trouvé, informa-t-il le reste de sa famille au dîner. La forêt est partout. Je sais qu'il y a quelques habitations, parce qu'on aperçoit des lumières, la nuit. De jour, le feuillage des arbres est si dense qu'on ne distingue rien d'autre.

–On vous accompagnera ce soir, décida leur père. Quand il fera noir.

Il n'y eut pas un seul flash ce soir-là, alors que les Einstein restèrent au pied de la Tour jusqu'à près de 23 heures. Ni les deux d'après. Le jeudi suivant, ils commencèrent tous à se dire que l'apparition de ces lumières avait été un événement étrange et excitant, mais qui ne se reproduirait sans doute pas – et qu'ils n'auraient donc jamais d'explication.

De toute façon, ils avaient la tête et les mains occupées par bien d'autres choses. Chaque jour de la semaine, une équipe de trois ouvriers embauchés par les Einstein – qui étaient déjà là depuis avril – arrivait de bonne heure pour effectuer des travaux dans le manoir et sur le terrain, autour : retaper le toit, changer les gouttières, décaper et repeindre le revêtement extérieur, consolider l'immense cheminée en brique, faire des trous à plusieurs endroits de la pelouse pour réparer la fosse septique et planter de jeunes arbres, sans oublier une centaine d'autres corvées.

–Ces trois hommes sont nos sauveurs, répétait souvent leur père.

–Et ils ont pris de l'avance sur le planning, ajoutait sa femme. On est sur la bonne voie pour une ouverture à la fin de l'été.

Les quatre enfants assistaient leurs parents pour les tâches les moins compliquées : poncer le parquet en bois dans les couloirs et les chambres, aider leur père à remplacer les moulures et les ornements, leur mère à refaire la peinture intérieure. Il y avait également des meubles à acheter – lits, commodes, bibliothèques et fauteuils –, ce qui avait nécessité une virée à Thornton Falls le mardi après l'épisode des flashs, puis à Roseburg (avec un détour par leur ancienne maison), pour se rendre dans un grand magasin. Cette semaine-là aussi, un ou deux camions de livraison s'étaient présentés chaque jour avec de gros meubles ou des cartons de matériel pour la cuisine. Toute cette animation était épuisante, et Zack acceptait parfois de quitter sa chambre pour donner un coup de main, même si ses contributions étaient plus ponctuelles que celles de son frère et de ses sœurs. Il n'avait tout simplement qu'une envie : rester seul. Quand il ne lisait pas, il dessinait des super-héros dans son carnet ou faisait des constructions en Lego – bien sûr, parfois, il se demandait s'il n'était pas trop grand pour ça… Tout le temps où il était dans sa chambre, assis derrière son bureau ou allongé sur son lit, il gardait un œil sur la fenêtre. Il ne vit jamais Ann surgir entre les arbres pour se rendre à la Tour… jusqu'au vendredi après-midi, une semaine très exactement après leur première rencontre.

Il était, comme la fois précédente, occupé à lire sur son lit lorsqu'il l'aperçut. Elle sortit des bois et, tout en jetant régulièrement des regards en direction du manoir – espérait-elle qu'il la remarquerait ? –, elle prit la direction de la Tour. Seuls Ruth et leur père se trouvaient avec Zack (les autres étaient à Thornton Falls). Celle-ci écrivait à son bureau, et Morton installait des moulures dans l'une des futures chambres d'hôtes. Zack était déjà dans le couloir lorsqu'une idée lui vint: il retourna déchirer une page de son carnet, qu'il plia et glissa dans sa poche avec un petit crayon. Au rez-de-chaussée, il annonça à son père du ton le plus naturel possible qu'il allait se promener dehors. Puis il passa par la porte de la cuisine, et partit vers la Tour en courant. Au milieu du pré, il aperçut la tache rouge d'un tee-shirt à côté de celui-ci. Ann lui fit un signe de la main. Il lui répondit tout en trottinant vers elle.

–Salut ! souffla-t-il. Tu es revenue…

–Je te l'avais dit ! On s'était mis d'accord, en plus. J'aurais bien voulu être là avant, mais je n'ai pas pu.

Il s'arrêta devant elle.

–Oui, je t'ai attendue…

La Tour les cachait. Une fois de plus, Zack eut l'impression d'être beaucoup plus loin de chez lui qu'il ne l'était en réalité – comme s'ils étaient seuls, Ann et lui, à l'écart du reste des humains, du reste du monde.

Elle se tourna vers le pré.

–Ta maison est très belle vue d'ici.

–Elle est en pleins travaux. Mes parents bossent du matin au soir. Mon frère et mes sœurs leur donnent tous un petit coup de main. Moi aussi.

–Elle est immense. Beaucoup plus grande que la mienne.

–Tu sais, on se balade souvent sur les sentiers du coin. On pourrait passer chez toi un jour, si tu es d'accord.

–Avec plaisir, répondit-elle. Je demanderai à ma mère.

Elle pointa le doigt sur la Tour en souriant et ajouta :

– Tu veux retourner à l'intérieur ?

C'était très précisément ce dont il rêvait – il ignorait toutefois si les portes seraient ouvertes, et il continuait à s'en vouloir de désobéir à ses parents. Il se tranquillisa : s'ils s'inquiétaient qu'il puisse courir un danger en entrant dans ce bâtiment, alors, il aurait pu les rassurer, puisqu'il avait déjà visité cet endroit. Il n'aimait pas trahir leur confiance, mais il était curieux d'y retourner et de revoir le médaillon. Il se convainquit ainsi que tout irait bien.

– Oui, répondit-il enfin. Si elle est ouverte.

Ann fit une drôle de grimace dubitative.

– Elle a intérêt !

Elle avait dit ça d'un ton si comique qu'ils eurent un rire nerveux.

Zack leva les yeux vers le sommet de la Tour, à la fois immense et mystérieuse – au point qu'il eut l'étrange impression qu'elle lui faisait signe d'entrer.

– Elle est tellement cool, lança-t-il à Ann, qui la regardait bouche ouverte. Chez moi, on a même parlé de s'occuper de la restaurer un jour. Pour que des gens puissent venir la visiter. Il faudrait d'abord qu'on l'achète, bien sûr…

Ann parut à peine l'entendre. Elle s'approcha des marches du perron et les gravit. Arrivée sur le palier devant la porte, elle se retourna vers lui. Elle lui fit signe de la rejoindre, alors qu'il se trouvait à quelques pas.

– On voit tout d'ici, déclara-t-elle.

Elle suivit des yeux le cours d'eau, d'amont en aval, avant de les poser sur la forêt dense sur la rive nord du fleuve qui s'écoulait en silence. Elle se dévissa très légèrement le cou et plissa les paupières, comme pour observer quelque chose. Zack eut l'impression qu'Ann scrutait la zone exacte où, avec son frère et ses sœurs, ils avaient aperçu les signaux lumineux. Elle se focalisait sur un endroit précis.

– Qu'est-ce que tu vois ? finit-il par lui demander.

Elle sortit de son état de concentration extrême et leva les deux bras d'un geste théâtral.

– Tout ! répondit-elle, avant de se tourner vers la Tour, d'agripper une poignée et de tirer d'un coup sec dessus.

Au moment où l'une des portes s'ouvrait en grinçant, elle lança à Zack :

– C'est bon !

Un instant plus tard, ils se tenaient au centre de l'immense sol de marbre, baignés par une lumière tamisée, verte et dorée, le regard levé vers la coupole. Pour Zack, la pénombre à l'intérieur de la Tour était tout aussi paisible et immobile que lors de sa précédente visite. Le médaillon luisait tout en haut, et la ronde de plaques – les neuf visages de pierre sous la balustrade du premier étage – semblait les fixer en silence. Il se tourna vers Ann, qui avait toujours les yeux levés.

– Tu sais que je commençais à me dire que quelque chose t'avait empêchée de revenir me voir, souffla Zack.

Elle secoua la tête.

– Je sors seulement de temps en temps. Ma mère est serveuse dans un restaurant au bord de la voie rapide.

Elle lui indiqua la porte derrière eux, et il comprit qu'elle parlait de la voie qui longeait le fleuve.

– Elle m'emmène souvent, et je dessine ou je lis pendant qu'elle fait le service. J'ai droit à une part de tarte aux myrtilles avec de la glace à la vanille, c'est délicieux ! Et il y a un sentier qui mène à la cascade d'Argent, j'imagine que tu la connais. J'y vais souvent, il y a toujours beaucoup de monde. Quand elle ne travaille pas, je peux partir en exploration par ici. Parfois, elle accepte que je reste seule à la maison, mais c'est rare.

– Tu vas où à l'école ?

– À Vista Point. À la rentrée, je serai en CM2.

Zack ne savait pas qu'il y avait une école primaire près de chez eux. Avec son frère et ses sœurs, ils prendraient le bus pour suivre leurs cours à Thornton Falls, en septembre. Et il lui semblait avoir entendu sa mère dire qu'il n'y avait pas d'école plus proche.

– Je croyais que la seule école du coin était à Thornton Falls, dit-il.

– Non, je vais à Vista Point depuis la maternelle. Et à la rentrée, je serai avec Mlle Black. C'est la meilleure maîtresse de CM2, tout le monde est d'accord, et je suis contente de l'avoir. L'autre institutrice s'appelle Mme Vlah, et il paraît qu'elle est très méchante. Elle note au tableau le nom des élèves qui parlent trop. Et elle s'habille bizarrement.

Ann observait toujours le plafond.

– Ton anniversaire tombe presque au même moment que celui de ma petite sœur, lui dit-il.

Ann le dévisagea.

– Celle qui a eu un accident ?

– Oui.

–Il s'est passé quoi ?

–On était à une fête foraine l'été dernier. Elle a voulu rattraper un chaton, et l'accident est arrivé. À cause d'une voiture.

–Ça a été grave ?

Zack sentait bien que son esprit cherchait à trouver une réponse à cette question, à la résoudre une bonne fois pour toutes, mais comme toujours, dans ces cas-là, il court-circuitait le processus avant qu'il ne puisse parvenir à son terme.

–Elle est partie, dit-il, murmurant presque ces mots.

Il ne savait pas quoi dire d'autre.

–Comment elle s'appelait ? demanda Ann.

–Susan.

–Vous passiez beaucoup de temps ensemble ?

Comment lui expliquer ? Certains jours, il ne faisait que penser à sa petite sœur, peu importait ce qu'il faisait ou ce qui occupait son esprit. Et pourtant, maintenant qu'Ann lui posait cette question simple, il se sentait incapable d'y répondre.

–On s'asseyait tous les deux sur le canapé pour regarder des dessins animés, finit-il par dire. Le samedi. Elle s'appuyait contre moi. Elle était très curieuse et, parfois, elle avait peur de trucs qui ne faisaient pas vraiment peur. Enfin, pas à la plupart des gens. Elle me prenait la main.

Il s'interrompit.

–Elle doit beaucoup te manquer, dit Ann. Comme mon père. Je ne l'ai pas vu depuis longtemps.

–Pourquoi ?

–Il est mort pendant la guerre.

Elle hésita avant d'ajouter :

– Il était soldat.

Il fallut une ou deux secondes à Zack pour enregistrer ce qu'elle venait de dire. Il savait qu'on parlait parfois des guerres et des combats qui se déroulaient dans certains endroits de la planète – sur Internet ou dans le *Journal de Roseburg*, que ses parents aimaient lire. Tout ça lui paraissait si loin… Il n'avait jamais rencontré d'enfant dont le père était un vrai soldat, ou qui avait été tué au champ de bataille. À sa connaissance, en tout cas. Ce terme de « mort » – si dur, si définitif – semblait absurde dans la bouche d'Ann. D'autant qu'elle l'avait dit d'un ton à la fois banal et distant, comme pour évoquer un événement arrivé à un inconnu. Zack se sentait incapable de le prononcer, lui.

– Pendant la guerre ? répéta-t-il.

Quelle guerre ? aurait-il voulu ajouter.

Elle confirma d'un hochement de tête.

– Oui, pendant la guerre. Il ne reste plus que nous deux.

Elle tira sur sa queue-de-cheval.

– C'était il y a longtemps ?

– Oui, environ un an, répondit-elle.

Ce n'était pas ce qu'il aurait appelé « longtemps », lui, mais il n'eut pas le temps de rectifier, parce qu'elle enchaînait déjà :

– Au début, j'avais du mal à y croire. Ma mère m'en a parlé, mais je… C'est dur à l'expliquer. Je n'arrivais pas à me dire qu'il était mort pour de vrai.

Ils n'ajoutèrent rien pendant un moment. Zack ne savait pas très bien quoi répondre, et il avait l'impression qu'Ann n'avait pas plus envie de parler de son père que lui de Susan. Il leva un doigt vers le médaillon.

–Remontons comme l'autre fois, pour étudier d'un peu plus près ce truc, proposa-t-il.

Ils empruntèrent l'escalier et longèrent la balustrade, au premier, pour retrouver l'endroit où le médaillon était le mieux éclairé.

–Ce ne sont pas de vrais mots, conclut Zack après avoir observé le médaillon argenté. Juste un tas de lettres mélangées.

–C'est bizarre, souligna Ann.

–J'ai remarqué qu'il y avait une majuscule par cercle.

Il sortit le papier et le crayon de sa poche, puis aplatit la feuille sur la rambarde en pierre.

–Oh, bonne idée! lui dit-elle. J'aurais aimé y avoir pensé!

Elle se pencha par-dessus l'épaule de Zack pendant qu'il écrivait méticuleusement les trois phrases écrites en rond, ainsi que les trois mots au centre. *Un sur neuf.*

–Tu pourrais les recopier une seconde fois pour moi? lui demanda-t-elle.

–Oui, bien sûr.

–Ça me plairait de les emporter chez moi.

Zack déchira la page en deux, et reproduisit de nouveau les inscriptions du médaillon pour Ann.

–Merci, lui dit-elle.

Elle se ravisa juste avant de ranger le papier dans sa poche et le déplia pour examiner les lettres.

–Tu penses que c'est un message codé?

–Aucune idée… Ce serait cool, si c'était le cas.

–Tu as déjà lu *Faucons et Brigands* ?

–Si je l'ai lu ? demanda-t-il si fort que l'écho de sa voix se propagea par ondes vibrantes dans la Tour. C'est ma série préférée !

–Moi aussi, dit Ann. J'ai lu tous les tomes. Enfin non, pas tous, mais la moitié.

–Je les ai tous dévorés plusieurs fois. Les Faucons sont cinq, comme moi avec mon frère et mes sœurs.

–Je préfère les deux sœurs des Brigands. Elles peuvent faire tellement de choses : du bateau, de la randonnée…

Elle sourit, dévoilant une fois de plus ses dents légèrement de travers.

–Je pensais au tome 2, quand les héros découvrent un message codé, ajouta-t-elle en montrant le médaillon. C'est peut-être le cas pour nous aussi.

–Il faut y réfléchir, dit Zack. Je l'étudierai chez moi. J'essaierai de trouver le moyen de le déchiffrer.

Ann lui tendit la main.

–Je ferai pareil. Ensemble, on peut former un duo d'un Faucon et d'un Brigand !

Il éclata de rire.

–D'accord !

Ils redevinrent silencieux, et Zack regarda de nouveau le médaillon. Pendant qu'il le faisait, une brise presque imperceptible lui caressa le visage, fraîche et apaisante. Il pensa à Susan, et il savoura un instant cette sensation plaisante sur sa peau. Puis il posa une main sur sa joue et se tourna vers Ann.

–Tu as senti la brise ? lui demanda-t-il tout bas alors que celle-ci disparaissait.

Elle hocha la tête en levant des sourcils interrogateurs.

–Comme un vent léger, dit-elle.

–Oui.

Zack observa les fenêtres du premier étage : les vitres de celles qui n'étaient pas bouchées étaient intactes.

–C'est étrange, conclut-il. D'où pouvait-il venir ?

–De la porte, sans doute.

Zack ne fut pas convaincu. La brise était si délicate, elle avait moins glissé sur sa peau qu'elle ne l'avait effleurée.

Ann lui sourit.

–Je peux te montrer quelque chose dehors ? Un endroit que j'ai découvert ?

–C'est loin ?

Il ne savait pas très bien combien de temps il lui restait avant que son père ne l'appelle.

–Non, il faut juste descendre un peu en dessous du promontoire. Suis-moi !

Sept

LA GROTTE

Cinq minutes plus tard, après avoir retrouvé la lumière du soleil et refermé les portes de la Tour derrière eux, ils s'engagèrent sur le sentier. Au bout d'une centaine de mètres en direction de l'ouest, Ann le quitta pour rejoindre une petite plate-forme de terrain entourée de cèdres.

– Regarde.

Zack découvrit une immense souche d'arbre, mesurant au moins trois mètres de diamètre.

– Elle est énorme, dit-il. Cet arbre devait être gigantesque.

Il leva les yeux vers le ciel, comme s'il imaginait à quoi celui-ci ressemblait, avant de monter sur la souche.

– Mon père m'a raconté qu'il y avait des arbres vraiment très, très grands partout autrefois, expliqua Ann. C'est la plus grosse souche que j'aie trouvée. Enfin, non, que mon père m'ait montrée.

– Vous avez dû beaucoup vous promener dans le coin.

– Je me rappelais qu'elle était dans un endroit sensass.

Zack n'avait jamais entendu personne de son âge employer le terme « sensass ». Le mot avait un côté démodé ; en même temps, il aimait la façon dont Ann l'avait prononcé.

– Sensass ? Dans quel sens ?

Elle se plaça face à la paroi du promontoire, puis tendit le bras à côté de son œil droit, comme pour indiquer une toute petite île depuis la vigie d'un bateau.

– Parce qu'une fois qu'on a trouvé cette souche, lui expliqua-t-elle, alors, on repère facilement la grotte qui est…

Elle pointait le doigt droit devant elle.

– Juste ici ! ajouta-t-elle.

Zack se retourna et aperçut un endroit où la végétation semblait un peu moins dense, le long de la paroi. Ann s'élança dans cette direction et il lui emboîta le pas. Elle écarta un rideau de racines, de mousse et d'herbes, dévoilant une petite caverne, haute de un mètre cinquante environ, et à peine plus profonde.

– Waouh ! s'exclama-t-il. Une cachette !

Il posa sur Ann des yeux écarquillés, tant il était émerveillé.

– Je sais, mon père me l'a montrée. Il m'a dit d'être prudente, il devait craindre qu'elle ne serve de tanière à un animal.

Elle jeta un coup d'œil à l'intérieur de la cavité, absolument vide.

– En tout cas, je ne vois rien, précisa-t-elle.

– Moi non plus, dit Zack, avant d'écarter à son tour la végétation pour examiner la grotte. Viens.

Une fois dedans, il retira doucement son bras pour que l'entrée soit de nouveau cachée. Il ne faisait pas si sombre, mais il avait l'impression qu'ils étaient aussi bien abrités que dans la Tour. Avec l'odeur de terre et d'herbe, c'était comme s'ils étaient simultanément à l'intérieur et à l'extérieur.

– C'est tellement cool, dit-il en regardant autour de lui. On se croirait dans *Faucons et Brigands* ! Tu venais ici avec ton père ?

– Avant, oui.

– Hé, tu as vu ça ? lança-t-il en lui indiquant une partie de la grotte vers le fond, à hauteur de ses yeux. Quelqu'un a écrit quelque chose.

Ann examina la paroi rocheuse avec lui. Il y avait tout juste assez de lumière pour deviner une succession de lettres, qui ne mesuraient pas plus de deux ou trois centimètres, à peine gravés dans la pierre lisse. *À toi pour toujours, Jing. Ray.*

– Ray ? dit Zack. Et Jing ? Qu'est-ce que ça veut dire ?

– Aucune idée... Mais regarde en dessous. Il y a une autre inscription.

Zack baissa les yeux de quelques centimètres et découvrit de nouveaux mots, encore moins lisibles : *Ray, je suis désolée de t'avoir perdu.*

– Encore ce Ray, murmura-t-il.

Ann considéra les graffitis avec attention.

– Je me demande qui a bien pu écrire ça ici.

Elle fit courir ses doigts sur la roche et ajouta :

– C'est... intrigant.

–Ça a dû prendre longtemps pour graver ces lettres, remarqua Zack. Qui peuvent bien être ces gens, Ray et Jing ?

–On devrait enquêter, suggéra-t-elle, le regard brillant.

Elle se tourna vers l'entrée de la grotte, comme si elle avait entendu quelque chose.

–Même si je ne sais pas par où commencer, précisa-t-elle.

Zack écarta les bras. Il touchait presque les parois de la grotte.

–Ça ne te dérange pas si je montre cet endroit à mon frère et à mes sœurs ? demanda-t-il, avant de se raviser aussitôt. Ou ça peut rester notre endroit secret. Si tu veux.

–Ouais ! Notre secret de Faucon et de Brigand !

Elle tendit une main à Zack – ça semblait être une habitude chez elle.

–C'est notre secret alors, confirma-t-il en lui serrant la main. Hé, j'ai une idée, moi aussi. On pourrait se laisser des messages ici, par exemple pour se donner rendez-vous, ou des trucs du genre.

–Excellent ! Je suis partante ! Ça fera partie du mystère. Allez, asseyons-nous.

–Ça n'embête vraiment pas ta mère que tu sortes seule dans les bois ? lui demanda-t-il.

–Elle est d'accord, du moment que je ne m'éloigne pas des sentiers et que je ne pars pas trop longtemps.

Zack voyait mal ses parents le laisser se promener dans la forêt sans être accompagné, et pourtant il avait deux ans de plus qu'Ann.

–J'imagine que ce n'est pas du tout dangereux par ici, alors. À Roseburg, je ne pouvais pas quitter la maison si je n'étais pas avec Ethan ou Miriam. Ce sont les deux aînés.

– Je crois que le coin est sûr, oui. C'est ce que ma mère dit, en tout cas.

Elle passa un doigt dans la poussière qui recouvrait le sol dur, juste à côté de sa jambe.

– De temps en temps, j'ai un peu peur quand je me retrouve seule dans la forêt s'il n'y a pas du tout de bruit et que les arbres bloquent le soleil. Tu as lu *Hansel et Gretel* ?

– Oui, je crois. C'est l'histoire où les enfants sont prisonniers d'une sorcière ?

– Tout à fait. On l'a étudiée en classe. Parfois, quand je suis en train de marcher, je repense à cette histoire et à la maison de la sorcière. Et ça fait peur ! ajouta-t-elle en écarquillant les yeux.

– Tu as déjà vu les gens qui vivent dans les bois ?

Zack tenta de se remémorer ce qu'avaient dit ses parents au dîner, la semaine précédente. « De l'autre côté de la forêt… ils vivent dans des cabanes… » Il se souvenait qu'Ann résidait dans le même coin.

– Des tas de personnes y habitent, il y a plein de maisons.

– Mes parents m'ont parlé d'un genre de campement, de gens qui occupent plutôt des cabanes.

– Des cabanes ? Je ne suis pas au courant.

À sa façon de s'exprimer et à son air songeur, Zack s'interrogea : lui cachait-elle quelque chose ? Elle risquait de trouver bizarre qu'il insiste, mais il avait l'étrange sensation qu'elle connaissait ces personnes qui vivaient dans les bois, et qu'elle ne voulait simplement pas en discuter avec lui. À moins qu'elle n'habite avec eux…

– À quoi ressemble ta maison ? se surprit-il à lui demander.

– Elle est banale, répondit-elle en haussant les épaules. Je ne sais pas quoi te dire de plus. Normale. Pas très grande.

Il s'apprêtait à lui poser une autre question, mais il se ravisa en voyant qu'elle semblait gênée, tout à coup.

– Avec mon frère et mes sœurs, on a exploré le coin. Enfin, on a commencé, on voudrait baliser tous les sentiers. Tu pourrais nous accompagner, si tu as envie. Ils t'aimeraient beaucoup, j'en suis sûr.

– J'essaierai, dit-elle, même si cette perspective n'avait pas l'air de l'emballer. Ça serait sympa.

– Tu sais, la plupart du temps, je ne fais rien. Tu pourrais même venir chez moi, ajouta-t-il.

– Et on pourrait aussi se retrouver au bâtiment de pierre.

Ann avait une étrange façon de changer de sujet pour éviter de répondre à son invitation. Zack ne s'expliquait pas pourquoi.

– La Tour, dit-il. C'est comme ça qu'on l'a nommée entre nous.

– La Tour… Ça me plaît ! Je l'appellerai pareil, maintenant.

– Encore un marché conclu.

Ann finit par rire.

– Oui, encore un marché conclu.

– Hé, je te déposerai un message ici dans un jour ou deux, d'accord ? Et tu pourras me laisser ta lettre au même endroit. À moins que tu ne viennes la première et que ce soit moi qui réponde.

–Marché conclu ! s'écria-t-elle d'un ton plus gai que jamais. Je le ferai.

Elle tendit la main à Zack, et il la serra, avant de se lever.

–Je ferais mieux de rentrer. Mon père risque de se demander où je suis passé.

Ann demeura assise.

–Tu ne m'accompagnes pas ?

–Non, je reste encore un peu. C'est tellement paisible... Je vais profiter d'être là pour réfléchir.

Zack ne put retenir un rire.

–D'accord. Ne réfléchis pas trop quand même. Il ne faudrait pas que tu loupes la part de tarte accompagnée de glace que ta mère t'a mise de côté.

Ce fut au tour d'Ann de rire.

–Promis. Je ne vais pas rester plus de quelques minutes.

Pendant que Zack balayait de nouveau la grotte du regard, ses yeux se posèrent sur les graffitis.

–Hé, Ann, dit-il. Tu n'avais jamais remarqué ces graffitis avant ?

Elle secoua la tête.

–Jamais.

Comment est-ce possible ? se demanda-t-il. Il examina encore une fois les mots sur le mur. Ils n'étaient pas gravés profondément dans la pierre et, avec le manque de lumière, ils ne sautaient pas aux yeux. Pour autant, il était difficile de ne pas les repérer. Même quelqu'un de distrait les aurait sans doute aperçus au bout de quelques minutes passées dans la grotte.

–On dirait pourtant qu'ils sont là depuis un bon moment, insista-t-il. Tu ne crois pas ?

–Je ne peux pas te dire, c'est la première fois que je les vois.

Elle haussa les épaules, puis ajouta :

–L'idée d'échanger des messages me plaît. Beaucoup. Je ne parlerai à personne de cet endroit, moi non plus. Ce sera notre secret.

–Notre secret, oui, confirma Zack.

Secret… Ce fut le mot dont l'écho résonna dans son crâne le restant de l'après-midi. Car s'il avait été heureux de revoir Ann, il était convaincu qu'elle avait, justement, un secret.

Huit

BAIGNADE DANS LA CASCADE

– Vous savez que vous n'êtes pas obligés de nous aider à longueur de journée tous les quatre, leur dit leur père après le déjeuner, le lendemain. Sortez vous amuser un peu !

Et ce fut précisément ce qu'ils firent. Il y avait des sentiers qui s'enfonçaient dans la forêt des deux côtés du manoir – à l'est et à l'ouest –, et ils étaient impatients de les emprunter tous, pour voir où ils menaient. Ils avaient déjà fait quelques courtes promenades – avec Zack, pour la moitié d'entre elles à peu près –, afin de chercher leurs marques dans les environs. Ils ne tardèrent pas à découvrir que presque tous ces sentiers serpentaient à travers les futaies denses de cèdres, de sapins et de conifères, avant de déboucher sur de petites piscines naturelles ou sur des cascades. Ce qui s'expliquait facilement : Vista Point était coincée entre les montagnes au sud et le grand fleuve au nord. D'ailleurs, cette région était réputée pour ses cascades, et tout le long de la voie rapide se succédaient des aires permettant aux automobilistes d'admirer les chutes d'eau qui ponctuaient le paysage escarpé. Certains de ces endroits – les plus célèbres, comme la cascade d'Argent, ou celles du Voile de l'Ange et des Pierres en Larmes – possédaient d'immenses parkings et des chemins pavés. Ils attiraient ainsi de nombreux visiteurs presque quotidiennement, du moins pendant l'été. Les Einstein s'y étaient déjà rendus les années précédentes, à l'occasion d'un passage dans la région, et ils savaient où trouver les cascades les plus fameuses. Aujourd'hui, les quatre enfants Einstein aspiraient à découvrir celles, plus secrètes, que peu de gens connaissaient.

– Il y en a vraiment partout par ici, s'émerveilla Ethan.

Ils étaient à moins de deux kilomètres de chez eux, sur un sentier qui allait vers l'est. C'était le lendemain du jour où Ann avait montré la grotte à Zack. Trois belles chutes d'eau étaient visibles sur une corniche en surplomb. La fratrie avait quitté la maison depuis une heure pour continuer à se familiariser avec les bois. Cela faisait plus d'une semaine qu'ils n'avaient pas revu les signaux lumineux, et à présent ils se passionnaient pour le réseau complexe de cours d'eau, presque invisibles tant la végétation de la forêt était épaisse. Tous ces ruisseaux, rivières et torrents les entouraient et affluaient vers le gigantesque fleuve.

– Ça m'a l'air d'un endroit parfait pour patauger, dit Miriam en indiquant une clairière devant eux.

Une petite piscine naturelle s'était formée au pied d'un talus, et dans ce bassin, large de trois ou quatre mètres, ils auraient de l'eau jusqu'à la taille.

–On peut même nager ! s'exclama Ruth.

Moins de deux minutes plus tard, Miriam, Ethan et elle avaient retiré leurs chaussures, ainsi que les shorts et tee-shirts qu'ils portaient sur leurs maillots de bain, et ils s'ébattaient dans l'eau.

–Viens, Zack ! lui cria Miriam. L'eau est mouillée !

Cette vieille blague le fit sourire, mais il déclina son invitation d'un geste de la main, et s'assit sur un rocher à côté de deux aulnes. Pendant que son frère et ses sœurs s'amusaient et disparaissaient sous la surface pour calculer combien de temps ils réussiraient à retenir leur souffle, il admira la clairière. Il se voyait bien revenir souvent dans cet endroit si simple et si beau, que Susan aurait adoré.

La petite chute – en réalité un filet d'eau qui coulait le long du versant de pierre derrière lui – mesurait au moins six mètres. La pente qu'elle dévalait était si douce qu'il se dit qu'il pourrait sans mal la gravir pour découvrir ce qui se trouvait au-dessus. Il suffisait pour cela qu'il s'écarte de la partie rocheuse, pour se frayer plutôt un chemin au milieu de la végétation.

–Je reviens tout de suite ! dit-il aux autres en leur montrant le sommet de la chute. Je vais regarder ce qu'il y a, là-haut.

–D'accord, lui répondit Ethan. Tu ne t'éloignes pas, promis ?

–Promis.

Son frère et ses sœurs s'étaient tous interrompus pour l'observer, et, l'espace d'un instant inconfortable, le monde devint trop silencieux, trop immobile.

– Ne vous inquiétez pas, leur dit-il.

Puis il entreprit de se hisser en haut du talus, qu'il escalada à moitié. Il fut heureux d'entendre les autres se remettre à jouer dans l'eau. À la force des bras et des jambes, il finit par atteindre le sommet. Il fut plus ébloui par la clairière qu'il découvrit que par la précédente : une piscine naturelle qui faisait au moins le triple de celle du bas s'étalait devant lui, entourée d'immenses aulnes qui formaient une voûte très haute au-dessus, presque comme un dôme. C'était si spectaculaire, si inattendu qu'il en fut enchanté. Il se délecta du panorama, et admira tout particulièrement les grands arbres.

Il appela ensuite son frère et ses sœurs.

– C'est super, là-haut. On peut aussi se baigner. La piscine est encore plus grande que celle où vous êtes.

– Tu devrais nous rejoindre, lui répondit Ruth.

– Une seconde.

Il s'approcha du bassin, et disparut à la vue des autres. Le terrain autour était très calme et plongé dans la pénombre, si bien que des fougères touffues poussaient au pied des arbres gigantesques. Il leva les yeux vers le ciel, sentit le silence qui l'enveloppait.

Il aperçut un mouvement à la périphérie de son champ de vision. Un geai bleu surgit de sa cachette et vint se poser sur la branche d'un cèdre, dans une partie encore plus sombre de la forêt, à une quinzaine de mètres de l'eau. Il scrutait les bois en jetant des coups d'œil furtifs. Zack adorait la couleur de ces oiseaux – le bleu éclatant de leur corps, et celui plus foncé, presque noir, de la crête sur leur tête –, même si leurs cris pouvaient être pénibles : il en avait fait l'expérience en camping, avec le reste de sa famille. Il s'approcha du geai avec prudence, mais celui-ci s'envola. Derrière l'arbre, juste après une futaie d'aulnes, il crut discerner une forme rectangulaire – il était trop loin pour en être certain. Il avança d'un autre pas dans cette direction, les yeux rivés sur la forme.

– Hé, Z !

Dès qu'il entendit la voix d'Ethan, Zack se retourna. Son frère venait de se hisser, lui aussi, au sommet du talus, avec son maillot de bain mouillé et ses baskets.

– Regardez-moi ça !

Miriam et Ruth, tout aussi dégoulinantes que leur grand frère, le suivaient de près. Elles écarquillèrent à leur tour les yeux en apercevant la clairière. Zack jeta un dernier regard vers la forme qui avait retenu son attention, mais décida, sans savoir pourquoi, de ne rien dire aux autres. Pour le moment, en tout cas.

– Incroyable ! s'émerveilla Ruth. Voilà le décor parfait d'un roman.

– Bien joué, Zack, le félicita Miriam. C'est le meilleur endroit qu'on ait jamais trouvé jusqu'à maintenant.

– Notre endroit secret ! ajouta Ruth.

Ethan rejoignit son petit frère et lui tendit son poing serré pour qu'ils puissent faire un check.

– T'as vraiment assuré. Je te déclare membre honoraire des scouts.

Ethan examina la piscine.

– Elle est aussi profonde que l'autre. Peut-être plus.

–Tu dois te baigner cette fois, Zack, insista Miriam. On ne te laissera pas te défiler.

Cinq minutes plus tard, après s'être déshabillé à son tour, il s'amusait dans l'eau avec les autres. Et il ne put s'empêcher de penser qu'ils avaient de la chance d'être tombés sur un lieu pareil, et qu'il passait une très bonne journée.

–« La vaillante fratrie passa un après-midi vivifiant dans les célèbres thermes près du Manoir Einstein », déclama Ruth.

Ils avaient eu leur content de baignade et avaient trouvé un coin de soleil où se prélasser.

–Si tu pouvais garder tes envolées lyriques pour toi et nous épargner un peu, pesta Miriam. Le monde s'en porterait mieux…

–Hé ! les apostropha soudain Ethan, dans un élan d'enthousiasme.

Il sondait le sol au pied d'un amas de rochers, de l'autre côté du bassin, et avait ramassé quelque chose dans la terre.

–Une pointe de flèche !

–Montre ! s'exclama Ruth.

Ethan rejoignit son frère et ses sœurs avec l'objet en question, noir et plat, d'une longueur de cinq centimètres environ. Ils l'étudièrent ensemble.

–C'est trop classe, approuva Miriam. Tu sais en quoi elle est ?

–Je suis presque sûr que c'est de l'obsidienne, un genre de pierre volcanique. Elle est très courante dans le coin.

Zack scruta la pointe de flèche dans la paume d'Ethan avec fascination. Que quelqu'un l'ait fabriquée des années auparavant et qu'elle soit restée là tout ce temps, cachée, oubliée… C'était magique à ses yeux, autant que s'ils avaient trouvé un message dans une bouteille.

–J'en ai déjà quelques-unes de ce type dans ma collection, lui dit-il. Tu veux la garder ? Tu pourrais même commencer ta propre collection.

Il tendit la main vers son petit frère.

–Merci, répondit Zack en examinant plus attentivement l'objet.

–Ne la perds pas, hein, lança Miriam avec une sévérité feinte. Ça porte malheur.

–Moi, je pense que cette pointe de flèche lui portera chance, protesta Ethan. Il ne la perdra pas.

Zack referma délicatement ses doigts dessus.

–J'y ferai très attention, promit-il, avant de la glisser dans la poche de son short et de le rouler en boule.

–Vous croyez que papa et maman s'attendent à ce qu'on rentre bientôt ? demanda alors Ruth.

Sa question les prit au dépourvu, et ils échangèrent un regard. Personne ne voulait être celui ou celle qui signerait la fin de leur après-midi d'aventures.

Le silence encouragea Zack à parler de ce qu'il avait aperçu un peu plus tôt dans la forêt.

–Je pense avoir trouvé autre chose. Un petit bâtiment, il me semble.

Les yeux d'Ethan s'arrondirent.

–Allons voir !

Quelques minutes plus tard, une fois qu'ils eurent retiré leurs maillots de bain mouillés et se furent rhabillés, ils prirent la direction indiquée par Zack. Ils arrivèrent dans ce qui avait dû être une clairière autrefois, mais qui était à présent envahi d'aulnes. Ils y trouvèrent une petite cabane de rondins de cèdre. Ses fissures et son toit étaient infestés de mousse. Toutes ses fenêtres avaient été cassées. Ils l'étudièrent sans un mot, avec beaucoup de solennité.

–Waouh, finit par lâcher Miriam, tout bas. Personne n'a vécu là depuis longtemps, ça, c'est sûr.

Ruth avança d'un pas en direction de la cabane en ruine.

–Vous vous imaginez habiter ici, loin de tout ?

Elle se retourna vers sa fratrie.

–Et ne rien faire d'autre de la journée qu'écrire ?

Miriam se renfrogna.

–On doit se sentir très seul…

–En même temps, il y a la proximité de l'eau, et l'endroit est agréable, souligna Ethan. Je suis un peu surpris que la cabane soit à l'abandon. Et que personne d'autre ne vive dans les parages.

Zack mit la main dans sa poche pour palper la pointe de flèche.

–Et si on essayait d'entrer ? proposa-t-il.

–Non, rétorqua aussitôt Ethan. Ça pourrait être dangereux. Et on ne sait pas à qui elle appartient. Il vaut mieux éviter.

–Tu ne veux pas t'approcher pour jeter un coup d'œil à l'intérieur, au moins ? suggéra Miriam.

Sans attendre la réponse de son grand frère, elle se dirigea vers l'une des vitres brisées. Les autres lui emboîtèrent le pas. Ils n'aperçurent que des bûches rongées par la pourriture et des éclats de verre. À ces détails près, l'unique pièce qu'abritait la cabane était vide.

– Quel désordre ! s'écria Ruth en reculant. Allez, venez, on rentre.

– Argh ! s'étrangla Miriam, alors qu'un geai bleu l'avait effleurée en montant se percher sur le toit.

Zack était persuadé qu'il s'agissait de l'oiseau qu'il avait déjà vu plus tôt. Celui-ci se mit à piailler en hochant la tête, et Ethan rugit de rire.

– Cette minuscule bête t'a fait peur, Mir !

– Elle a essayé de me tuer, oui !

Ethan tapota Zack sur l'épaule.

– En route, Z !

Il partit en courant vers la piscine où ils s'étaient baignés. Miriam et Ruth lui emboîtèrent le pas. Avant de s'élancer à leur suite, Zack jeta un dernier coup d'œil à la cabane et vit le geai s'envoler

Qui vivait ici ? se demanda-t-il. Au moment où il allait rejoindre son frère et ses sœurs, il songea : *Ann le sait peut-être…*

Neuf

UN VISITEUR INDÉSIRABLE

Ce soir-là, les Einstein au complet allèrent à Thornton Falls pour dîner au restaurant et voir un film au cinéma. Quatre jours plus tard, soit la veille de la grande fête nationale du 4 Juillet, leur petit-déjeuner fut interrompu par des coups bruyants à la porte du manoir.

– Qui ça peut bien être ?

Leur père adressait cette question à lui-même. Assis tous ensemble autour de la table de la salle à manger, ils se régalaient de porridge, de roulés à la cannelle et d'œufs durs préparés par Miriam. Ethan leur avait parlé de la patrouille de Thornton Falls qu'il pensait rejoindre ; Miriam leur avait raconté sa rencontre avec l'entraîneur de basket du lycée où ils feraient leur rentrée, Ethan et elle, en septembre. Quant à Ruth, elle était justement en train d'expliquer pourquoi elle préférait les poèmes d'Emily Dickinson à tous les autres, lorsque les coups frappés à la porte firent voler en éclats le calme matinal.

Leur mère jeta un coup d'œil par l'immense fenêtre à l'extrémité de la salle à manger: les trois ouvriers étaient occupés à répandre du gravier sur la zone qui servirait de parking.

– Ce n'est pas un membre de l'équipe, en conclut-elle. Ils sont tous là, au travail.

– De toute façon, ils ne frapperaient jamais aussi fort, lui rétorqua Morton avant de se lever pour aller ouvrir. Je vais voir ce qu'il se passe.

Les quatre enfants restèrent à table pendant que leur mère suivait leur père dans le couloir. Zack tendit l'oreille dès qu'il entendit la porte grincer.

– Bonjour, dit son père. Comment puis-je vous aider ?

– Vous êtes bien Morton Einstein ? lui répondit une voix masculine, bourrue et sonore.

Ethan ouvrit de grands yeux inquiets et bondit de sa chaise, presque au même moment que les deux filles. Zack suivit le mouvement, se demandant bien qui pouvait se présenter chez eux si tôt et s'adresser de façon aussi malpolie à leur père.

– C'est moi, disait-il justement. Et à qui ai-je l'honneur en cette belle matinée ?

Zack arriva dans l'entrée au moment où le visiteur – un homme qui avait presque perdu tous ses cheveux blancs, qui portait des lunettes, un pantalon en velours décoloré et une chemise en flanelle – laissait son regard glisser de Morton Einstein aux autres membres de sa famille.

– Oh, vous êtes toute une bande, lâcha l'individu d'un ton encore moins aimable que précédemment.

Il devait approcher des 70 ans, et Zack avait bien du mal à imaginer qu'un sourire puisse illuminer sa grise mine. Il ressemblait à certains des livreurs qui venaient chez eux, et il était assez grand pour toiser Morton – et si costaud qu'il aurait pu sans difficulté enfoncer la porte d'un coup d'épaule s'il avait voulu s'éviter de frapper. Zack se félicita d'être le plus éloigné de lui.

–Je suis Deborah Einstein, se présenta sa mère, et vous avez déjà fait la connaissance de mon mari, Morton. Voici nos quatre enfants: Ethan, Miriam, Ruth et Zack. Si vous vivez dans le voisinage, nous sommes enchantés de vous rencontrer. Et si ce n'est pas le cas aussi. Soyez le bienvenu chez nous!

Le visiteur posa des yeux vides, sans ciller, sur Deborah, puis il remua les lèvres un instant, avant de réussir à articuler les mots suivants:

–Ce chez-nous, comme vous dites, m'appartenait autrefois, et je...

–Merveilleux! l'interrompit Morton. Nous avons des tas de questions pour vous, justement. Entrez donc.

–Certainement pas, répondit l'homme sèchement, l'air plus renfrogné que jamais.

Zack avait l'impression qu'il risquait d'empoigner son père par le col tant il paraissait agité. Il avait bien du mal à comprendre ce qui le mettait dans une telle rage, mais il était évident qu'il avait un sujet de contrariété.

–Par contre, ce que j'ai à dire va vous intéresser, vous pouvez me croire.

Silence. Tout le monde, y compris l'homme aux cheveux blancs, semblait retenir son souffle.

–Nous vous écoutons, lui dit Morton.

–Une demi-douzaine de propriétaires se sont succédé ici après moi, commença-t-il en martelant chaque mot de son index pointé vers le sol sous ses pieds pour enfoncer le clou. Sur mon terrain. Qui m'a été enlevé de façon illégale il y a des années. C'est déjà très grave de vivre dans un bien qui a été volé, mais quand j'ai appris que vous aviez l'intention…

–Monsieur, intervint Deborah, nous avons bien compris que vous aviez un sujet de plainte. Toutefois, il est parfaitement déplacé de votre part de venir ici nous sermonner.

Zack aperçut alors, derrière le visiteur, les trois ouvriers qui approchaient. Il fut soulagé – s'il y avait du grabuge, ils pourraient leur prêter main-forte.

–Appelez ça comme vous voulez, reprit l'homme d'un ton acide, mais, moi, je vais dire ce que j'ai sur le cœur, et vous m'en remercierez. Je n'ai aucun doute sur ce point.

–Vous avez un nom, au moins ? lui demanda Morton. Nous ne savons même pas qui vous êtes.

–Horatio Cuvallo, répondit-il d'un air grave. Tout le monde me connaît par ici, ajouta-t-il en montrant de nouveau le sol. Et tout le monde est au courant que cette maison m'appartient. Enfin, toute la propriété. Ou qu'elle devrait, en tout cas. La loi est peut-être de votre côté d'un point de vue administratif, mais si j'ai bien compris, vous avez l'intention de transformer cet endroit en petit hôtel ou je ne sais quoi.

–En chambres d'hôtes, expliqua Ethan. Les meilleures du monde !

Son père se tourna vers lui et lui adressa un signe de tête.

– Merci, fiston. Je m'en occupe.

– Eh bien, reprit Horatio d'une voix dégoulinante de sarcasme, c'est sûr que ça a tout l'air d'un plan parfait, mais je suis justement venu vous informer qu'il est illégal de faire du commerce sur cette propriété. Je me la suis peut-être fait voler ; je connais la réglementation, et j'ai les papiers qui l'attestent. Il est interdit d'y établir une entreprise lucrative. De faire des bénéfices. Ce serait une violation évidente de la législation locale.

– Monsieur Cuvallo, intervint Deborah, vous n'imaginez tout de même pas que nous ayons pu nous lancer dans cette entreprise sans réaliser de recherches préalables ? Il est manifeste que vous êtes bouleversé par ce qu'il vous est arrivé autrefois, mais nous n'y sommes pour rien. Et nous sommes persuadés que nos projets s'inscrivent parfaitement dans la légalité.

– Vous en êtes certains, hein ? riposta-t-il en posant sur Deborah un regard moqueur. Sûrs et certains ? Je trouve ça très intéressant, étant donné les conversations que j'ai pu avoir avec mes amis haut placés.

– Je suis convaincu que vous avez beaucoup d'amis haut placés, ironisa Morton.

Zack ressentit un léger électrochoc à ces mots, mélange de plaisir d'entendre son père se défendre et de peur à l'idée qu'il ne soit allé trop loin et ne parvienne qu'à redoubler la rage de l'homme.

Horatio Cuvallo se redressa de toute sa hauteur et fit un pas vers eux.

–Je ne sais pas si vous cherchez à être drôle, lâcha-t-il d'une voix qui n'avait jamais été aussi calme, mais continuez à faire des blagues si ça vous chante, pendant que votre petit projet de chambres d'hôtes tombe à l'eau.

–Vous ne m'intimidez pas, monsieur Cuvallo, lui rétorqua Morton. Vous êtes sur notre propriété, et je vous demande de partir immédiatement.

Un long silence de plusieurs secondes suivit, puis Horatio finit par se gratter le menton.

–Je me suis battu au Vietnam pendant trois ans, dit-il si bas que Zack eut du mal à l'entendre. J'ai travaillé dans la marine marchande pendant vingt années, et j'ai transporté plus de cargaisons pour ce pays que vous n'en verrez de toute votre vie. Si vous pensez qu'un petit avorton de Roseburg comme vous peut débarquer ici et faire ce qu'il lui plaît sur une terre qui devrait encore m'appartenir, vous vous fourrez le doigt dans l'œil.

Il détacha ses yeux de Morton pour les poser sur les quatre enfants.

–Passez une belle matinée, les jeunes, dit-il avant de tourner les talons et de s'éloigner à grandes enjambées, sans un regard pour les trois ouvriers qu'il croisa.

Les frères et sœurs rejoignirent leurs parents sur le perron pendant que Horatio montait dans sa camionnette, faisait marche arrière en dérapant dans la terre et le gravier, puis filait en rugissant sur le chemin menant à la grande route cachée par les arbres. Personne ne prononça un seul mot avant son départ. Les ouvriers reprirent le travail.

– Il y a vraiment des gens charmants dans le coin, gémit Deborah.

– Deb, dit Morton d'un ton qui se voulait réconfortant.

Elle se tourna vers les enfants.

– Il faut se dire que c'est la première fois qu'on rencontre quelqu'un d'aussi odieux par ici.

– De quoi il parlait ? demanda Ruth. On n'a pas le droit d'ouvrir des chambres d'hôtes ?

– Il se trompe sur toute la ligne, la rassura aussitôt Deborah. Ne te fais pas de souci pour ça. Avec ton père, on s'est renseignés pendant des semaines.

– Il avait l'air très sûr de lui, objecta Miriam.

– Il y a des gens comme ça, lui répondit Morton, qui cherchent à intimider les autres. Il a franchement dépassé les bornes. C'est tout ce qu'il faut retenir.

– Vous devriez peut-être vérifier avec les autorités locales, quand même, suggéra Ethan.

– Il n'y a rien à vérifier, insista Morton. Crois-moi, on s'est fait accompagner par des avocats tout le long du processus d'achat. On sait ce qu'on fait.

Zack était pourtant ébranlé par ce qu'il venait de se passer : l'interruption de leur petit déjeuner, les paroles menaçantes de Horatio et sa fureur, la possibilité qu'ils puissent aller au-devant d'ennuis. Et puis il y avait cette remarque que Horatio avait faite en passant, aussi, au sujet de ses années de combat. C'était étrange… Ann avait mentionné le passé de soldat de son père quelques jours plus tôt, et aujourd'hui cet homme bizarre et colérique débarquait chez eux en faisant allusion à la guerre. Il n'y avait sans doute aucun lien entre les deux éléments : Horatio était assez vieux pour être le grand-père d'Ann, la guerre à laquelle il avait participé remontait à plusieurs décennies, et surtout, il était encore en vie. Malgré tout, la coïncidence était déconcertante, et Zack ne put penser à autre chose de la matinée.

Juste avant le déjeuner, il s'échappa pour aller déposer un mot dans la grotte près de la Tour.

On ira voir les feux d'artifice du 4 Juillet dans le parc près de Columbia Locks. Je t'attendrai !

Il avait, en secret, espéré croiser Ann, sinon près de la Tour, au moins dans la grotte, même s'il savait bien que les chances étaient faibles. Malgré tout, il fut déçu de ne pas la voir, et s'attarda plusieurs minutes. Afin de prolonger encore un peu sa visite, il s'approcha de la paroi au fond de la grotte et examina à nouveau les graffitis.

À toi pour toujours, Jing. Ray.

Ray, je suis désolée de t'avoir perdu.

La seconde inscription lui sembla tellement triste… Le genre de choses que l'on écrivait quand on pensait ne plus jamais revoir une personne. Ces mots étaient-ils vraiment une réponse à la première inscription, une sorte de dialogue entre deux êtres ? Zack ne le saurait sans doute jamais.

Tout en étudiant les lettres gravées dans la pierre, il glissa la main au fond de sa poche, et toucha la pointe de flèche qu'il y rangeait. Il pensa à Susan, l'imagina lisant ces phrases. Un bruit retentit à l'extérieur de la grotte.

Il se précipita dehors, et regarda dans toutes les directions avec frénésie.

– Ann ?

Elle n'était pas là. Le fleuve lui parut très loin, et les nuages dans le ciel semblaient figés pour l'éternité.

– Ann ? répéta-t-il, moins fort cette fois. Tu es là ?

Au bout d'un moment, il chercha de nouveau la pointe de flèche dans sa poche, pour s'assurer qu'elle y était toujours, puis il remonta vers le grand pré et rentra chez lui.

Dix

LE CERCLE D'ARBRES

Zack ne croisa pas Ann à la fête, et lorsqu'il retourna dans la grotte le lendemain de bonne heure, il constata que son message était intact. Il le ramassa et le fourra dans sa poche.

Le reste de la matinée se déroula de façon très habituelle : les enfants Einstein aidèrent leurs parents dans différents projets et tâches. Miriam s'était découvert un don pour poser le papier peint, et Ruth devenait experte dans l'art de vernir les anciennes bibliothèques et vitrines qui se trouvaient déjà dans la maison, ou celles que Deborah et Morton avaient fait livrer. Ethan avait le coup de main pour tailler les moulures qui nécessitaient d'être remplacées dans presque toutes les pièces. Quant à Zack, il faisait principalement ce que sa mère ou son père attendaient de lui – poncer les parquets à l'étage, ou récurer les carrelages dans les salles de bains. Ça n'avait rien de très amusant, il fallait bien l'admettre – il ne mettait pas autant d'enthousiasme à la tâche que son frère et ses sœurs –, mais il était content d'apporter son aide à ses parents, et de les voir si heureux face à l'avancée de leur projet.

–J'ai fait quelques recherches sur notre manoir, leur annonça Deborah pendant qu'ils prenaient tous une pause pour le déjeuner. Il n'a pas toujours été aussi immense. Au début, c'était même une petite maison. Les propriétaires qui ont précédé le couple qui nous l'a vendu y ont ajouté plusieurs pièces. Les Vale. C'était leur nom.

D'un geste, elle désigna la cuisine, puis la porte d'entrée, que l'on apercevait depuis la salle à manger.

–Avant eux, le manoir se limitait quasiment à cette partie-là.

Pendant que les autres discutaient des travaux en cours et de ce que ça leur ferait d'accueillir des clients sous leur toit, Zack songeait à ce que sa mère venait de leur apprendre. Il se demanda pourquoi ces gens – les Vale – avaient décidé d'agrandir la maison à ce point, quand une pensée lui traversa soudain l'esprit.

–À votre avis... lança-t-il – et tout le monde s'interrompit, tant sa prise de parole était inattendue. On pourrait retourner à la fête foraine, cette année ?

Sa mère se décomposa aussitôt.

–Tu veux dire... celle de l'été dernier ?

–Oui.

En voyant l'expression de son frère et de ses sœurs, il sentit son ventre se serrer.

–Pourquoi tu veux y retourner, Z ? lui demanda Ruth.

–Je ne sais pas.

En prononçant ces mots, il se rendit compte qu'il ne connaissait vraiment pas la réponse à cette question.

–C'est là-bas que Susan a voulu rattraper ce chaton, et…

Il avait perdu le fil de ses pensées.

–Je ne sais pas, ajouta-t-il. Je me suis juste dit qu'on pourrait y retourner.

Son père posa sa fourchette avec un léger soupir.

–Zack, dit-il d'un ton aussi patient que définitif. Susan a été renversée par une voiture. Je sais que tu le comprends, même si c'est dur.

–Papa, l'implora Miriam.

–Mais c'est vrai, insista-t-il avec beaucoup de douceur. Nous vivons tous la même chose. Ensemble. Nous l'aimions, et elle nous manque terriblement.

Il regarda Zack au moment d'ajouter :

–Et je suis conscient que ça a été particulièrement difficile pour toi. Nous avons tous eu nos hauts et nos bas.

Il retira ses lunettes pour presser ses yeux avec son poignet.

–Ta mère et moi…

Zack fixait son assiette. Il avait peur de se mettre à pleurer, lui aussi.

–J'ai juste pensé que peut-être, si on allait à la fête foraine…

–Elle ne reviendra pas, Zack. Elle ne reviendra jamais.

–Papa ! s'écria Ruth. Tu es obligé de le dire comme ça ?

Il se leva subitement et laissa retomber le bras qui lui cachait le visage.

–Ça a été très dur pour nous tous, murmura-t-il. Nous tous.

Il parut sur le point d'ajouter quelque chose, mais il se ravisa et souffla bruyamment.

–Je suis désolé, lâcha Morton

Deborah, qui était restée assise, se plaqua brusquement les mains sur le visage.

Un silence lourd et électrique flottait autour de la table. Ethan se tourna vers Zack, qui continuait à regarder son assiette. Les filles, elles, étaient suspendues à ce que leur père allait ajouter.

Sans prévenir, Zack bondit de sa chaise et disparut dans le couloir pour monter en courant l'escalier jusqu'à sa chambre, où il claqua sa porte et se jeta sur son lit. Il enfouit son visage dans son oreiller et se représenta Susan la dernière fois qu'il l'avait vue, filant au milieu des piétons sur le trottoir… Puis, comme toujours, il pensa à ce qu'il aurait pu faire pour la retenir. Il demeura ainsi un long moment. Lorsqu'il entendit sa mère, son frère et ses sœurs se préparer à sortir en ville, il n'aurait pas su dire s'il se sentait triste ou soulagé. Une fois qu'il fut certain que les autres étaient partis et qu'il ne restait plus que son père, qui s'affairait dans une pièce du bas, Zack s'assit sur son lit, et se mit à guetter un signe d'Ann à travers la fenêtre.

Juste avant 15 heures, et après avoir lu plusieurs chapitres du troisième tome de la série *Faucons et Brigands,* « Johnny Vautour », il décida de sortir.

Son père s'occupait du cadre d'une fenêtre dans l'une des chambres du rez-de-chaussée. Zack passa une tête dans la pièce pour lui annoncer qu'il allait prendre l'air. Il s'apprêtait à filer, lorsque son père posa bruyamment son marteau et se tourna vers lui sans un mot. Ils restèrent, l'un et l'autre, figés sur place, et échangèrent un regard gêné.

–Je suis désolé pour ce que j'ai dit au déjeuner, Zack, finit par lâcher son père. Et pour la façon dont je l'ai dit.

Zack avait les yeux rivés sur le parquet, il cherchait à chasser de son esprit le souvenir, vieux de quelques heures seulement, de son père à la fois triste, furieux et désarmé.

–C'est pas grave, murmura-t-il.

Après un silence, il ajouta:

–Je sors juste faire un tour.

–Bonne idée. Ne t'éloigne pas trop, d'accord ?

Comme Zack ne lui répondait pas, son père lui lança, d'un ton faussement guilleret:

–Vous rêvez de sortir faire un tour ?

Il n'alla pas au bout de sa blague et se remit au travail.

Zack emprunta la porte de la cuisine. Il s'immobilisa un instant, pour observer la Tour à l'autre bout du pré. Il avait quitté le manoir avec l'intention de s'y rendre, et peut-être même de pousser jusqu'à la grotte... Pourtant, il changea d'avis et décida d'aller dans les bois. Il suivit le sentier qui les avait conduits, son frère, ses sœurs et lui, aux piscines. Au moment de pénétrer dans le couvert de la forêt, il aperçut un tee-shirt bleu au loin, entre des arbres. Il comprit alors qu'Ann venait à sa rencontre sur le chemin.

–Zack ! s'écria-t-elle. Je voulais te voir.

–Salut, Ann !

Il se mit à courir vers elle.

–Oh, je suis bien content que tu arrives par là. Si tu étais déjà à la Tour, je t'aurais loupée.

Ils s'arrêtèrent à la hauteur l'un de l'autre.

–Ça fait des jours que je te cherche.

–Je sais. Ma mère ne se sentait pas bien. Et puis, elle avait beaucoup de travail, alors j'ai dû rester avec elle, à la maison et au restaurant. Je pensais venir chez toi, ajouta-t-elle.

Il fut si surpris qu'il rit malgré lui.

–Si mon frère et mes sœurs avaient été là, ça aurait été génial. Mais ils sont sortis…

–Dans ce cas, pourquoi on ne se promènerait pas ensemble ? lui proposa-t-elle. Je pourrais te montrer un endroit qui va beaucoup te plaire.

–Je te suis !

Pendant vingt minutes agréables, ils serpentèrent entre les arbres. Ann s'arrêtait à chaque embranchement du sentier pour réfléchir, puis elle indiquait la bonne direction. Zack lui raconta le feu d'artifice qu'elle avait raté, lui parla du mot qu'il lui avait laissé dans la grotte, et mentionna les travaux de la maison qui avançaient bien. Ann lui expliqua qu'elle avait dû passer plusieurs journées d'affilée au restaurant, parce que les clients se bousculaient.

–Je voulais te déposer un message, moi aussi. Comme on se l'était promis.

–Tu es là aujourd'hui, c'est déjà bien, lui dit-il.

Le chemin était étroit, bordé d'érables. D'immenses sapins se dressaient au-dessus de leurs têtes, et la forêt tout entière était plongée dans la pénombre. Il y faisait frais. Pour une raison mystérieuse, les rayons obliques du soleil qui parvenaient à se frayer un passage à travers le feuillage évoquèrent à Zack l'étrange cabane qu'il avait découverte.

–Hé, tu as déjà vu cette vieille cabane près des deux piscines ? Elle est complètement en ruine.

–Les deux piscines... Tu veux parler de celles qui sont l'une au-dessus de l'autre, séparées par une petite chute d'eau ?

–Oui, exactement ! On s'y est baignés il y a quelques jours, et on est tombés sur cette cabane dans les bois, juste à côté.

–Elle appartenait à Orland Wetherill, lui dit-elle le plus naturellement du monde. Il n'y habitait pas, mais il aimait venir y écrire et y travailler. Enfin, c'est ce que me racontait mon père.

–C'est qui, Orland Wetherill ?

Ann stoppa net pour dévisager Zack. Elle était aussi surprise que s'il lui avait demandé dans quel pays ils vivaient.

–Celui qui a construit le bâtiment en pierre. La Tour.

–Il l'a construite ?

Ann s'était remise en route. Zack avait du mal à croire que quelqu'un, un véritable être humain, avait bâti cette merveille. Pour une raison étonnante, il ne s'était jamais interrogé sur sa généalogie. Il s'agissait d'un endroit que les gens visitaient, puis avaient délaissé, et à présent la Tour se dressait, muette, à la lisière de la propriété de ses parents. Zack était presque surpris de penser qu'à une époque, elle n'existait pas, et qu'une personne – Orland Wetherill apparemment – l'avait fait surgir de terre.

–Il ne l'a pas construite lui-même, précisa Ann. Disons que c'est lui qui l'a imaginée. Je ne sais pas comment on appelle ça. Il l'a inventée, ou dessinée, ou...

–Architecte ! C'est le métier de mon père. Enfin, c'était son métier avant notre emménagement ici.

–Oui, voilà, Orland Wetherill était architecte. Il a vécu ici il y a longtemps, et mon père m'a raconté qu'il s'enfermait dans la cabane dont tu m'as parlé pour travailler. Pour être au calme, sans doute.

–Tu connais bien l'histoire du coin.

Elle haussa les épaules.

–J'ai toujours habité ici.

Elle s'interrompit brusquement, et le regarda avec un petit sourire – comme si elle était sur le point de lui faire une surprise qu'il allait, elle le savait, adorer.

–Nous sommes presque arrivés, chuchota-t-elle. C'est un de mes endroits préférés.

Elle lui fit signe d'avancer avec elle. Ils restaient silencieux à présent. Le sentier vira vers la gauche, puis vers la droite. Au moment de passer entre deux énormes cèdres, il se terminait abruptement. Ann s'arrêta, et un étrange sentiment s'empara de Zack. Il avait l'impression que le calme de la forêt s'était approfondi. Des cèdres les entouraient, on aurait dit des colonnes brunes délicates disposées en cercle par une main humaine. Ann et lui se tenaient au centre de cette ronde composée d'une dizaine de grands arbres majestueux. Il ressentait une sorte d'exaltation un peu bizarre, comme ça lui arrivait parfois lorsque leurs parents les emmenaient tous à la synagogue pour l'office de shabbat, où tout était si solennel, si paisible et si rassurant.

–Waouh ! dit-il en levant les yeux vers le ciel et vers la lumière qui filtrait à travers les croisillons formés par les plus hautes branches, créant une immense tonnelle vert et marron. C'est incroyable !

–Je sais, répondit Ann. J'adore cet endroit.

Il la regarda brièvement avant d'observer de nouveau les arbres.

–Comment ça se fait qu'ils aient poussé en rond comme ça ?

–Aucune idée... Mon père disait que quelqu'un avait dû les planter ainsi il y a très longtemps.

–Ah, ça, ça remonte, confirma Zack.

Les arbres semblaient mesurer au moins trente mètres, sinon plus, et le cercle devait en faire dix de diamètre.

–Ils sont là depuis une éternité.

Ann pressa son index contre ses lèvres.

–Personne ou presque ne connaît cet endroit, lui dit-elle.

Zack comprit aussitôt où elle voulait en venir, et lui tendit la main.

–Je garderai le secret, déclara-t-il. Encore un autre marché entre nous !

Ann lui serra la main en riant.

–Exactement !

Elle s'approcha de l'un des arbres et fit courir ses doigts sur les reliefs de l'écorce.

–Hé, Zack, l'interpella-t-elle, tu aimerais devenir architecte comme ton père ?

–Certains jours, je me dis que j'aimerais bien être médecin, mais je ne sais pas.

–Médecin ? Ce serait super ! Tu pourrais aider les gens malades et tout.

– Ma sœur dit qu'il faut faire des études super longues, alors j'hésite. Mais l'idée continue à me trotter dans la tête. Et toi ?

– Je voudrais écrire des poèmes. J'adore ça, je le fais sans arrêt. Ça te dirait d'en entendre un ? J'en ai un rigolo, je l'ai composé il y a quelques jours.

Sans attendre la réponse de Zack, elle retira sa main du tronc et se redressa de toute sa hauteur pour réciter, de mémoire, son poème :

J'adore vivre ici,
J'ai un doigt riquiqui,
Parfois il fait un drôle de crac *!*
J'ai rencontré un garçon qui s'appelle Zack.

– Qu'est-ce que tu en penses ? demanda-t-elle.

Il lui fallut un moment pour comprendre qu'elle avait terminé ; le rythme des quatre vers perdurait dans son crâne. Il leva les deux pouces.

– Ça me plaît. C'était rigolo, en effet. Continue !

– J'en ai bien l'intention. Je vais continuer à en composer, et c'est ce que je serai plus tard. Une faiseuse de poèmes.

– Une poétesse.

Zack chercha la pointe de flèche dans sa poche et la caressa.

– Oui, voilà, dit-elle, avant d'indiquer une direction dans le dos de Zack. La cabane dont tu parlais est juste à côté. Je vais te montrer.

Quelques minutes plus tard, ils étaient devant la cabane d'Orland Wetherill. Elle semblait toujours aussi abandonnée, oubliée. La mousse sur son toit, dense, était d'un vert vif.

–Je me demande quand il a cessé de venir ici, s'interrogea Zack.

Ann venait de lui raconter qu'il y avait des photos d'Orland Wetherill aux murs du restaurant où travaillait sa mère.

–On dirait que personne n'est venu depuis des années, ajouta-t-il.

–Ça fait longtemps que je ne suis pas passée par ici, dit-elle en scrutant la fenêtre cassée.

Elle avait l'air distraite, ou intriguée – comme si elle avait été surprise par quelque chose.

Elle s'approcha de la porte, et leva les yeux vers son cadre. Zack eut le pressentiment qu'elle allait tenter de tourner la poignée rouillée.

–Mon frère dit qu'il ne faut pas entrer.

–Regarde, il y a quelque chose, là !

Elle lui montrait le dessus de la porte. Il la rejoignit pour voir de quoi il s'agissait. Entre le cadre et la corniche se trouvait en effet une plaque – sans doute métallique, même si elle était si sale qu'il était presque impossible de la distinguer du bois.

–Il y a une inscription, observa Zack.

–La couleur était un peu différente de celle du bois. C'est comme ça que je l'ai remarquée.

Zack se retourna et aperçut, à quelques mètres d'eux, un aulne, qui était tombé et avait été débité en plusieurs tronçons.

–Hé, faisons rouler un de ces rondins jusqu'ici. En grimpant dessus, je réussirai peut-être à lire l'inscription.

Quelques instants plus tard, après avoir déplacé le cylindre de bois et l'avoir soigneusement positionné à côté de la porte, Zack était perché dessus. Il tendit le bras et parvint à atteindre la plaque. Avec l'aide d'Ann, qui l'assurait en le tenant par les hanches, il la frotta en évitant les gestes trop brusques. Il réussit à retirer progressivement de petites pellicules de saleté, et à faire apparaître une succession de lettres gravées. Zack sauta à terre pour observer la plaque avec Ann.

– « Neuf est un », lut-il.

Il se tourna vers Ann, sourcils froncés.

– Neuf est un ? répéta-t-il.

– Qu'est-ce que ça veut dire ?

Il haussa les épaules. Elle continua à scruter la plaque, visage tendu vers l'avant, comme dans l'espoir de découvrir un détail qui leur aurait échappé.

– Peut-être qu'il manque un bout, suggéra-t-elle. Que la phrase n'est pas terminée…

– Tu veux dire… « Neuf est un… de quelque chose » ? proposa Zack.

– Oui. Parce que ça n'a aucun sens, là.

– Je suis bien d'accord.

Après un silence, il reprit :

– Mais attends. Ça ne te dit rien ? « Un sur neuf » ? L'inscription au centre du médaillon, dans la Tour ?

– Oui, ça y ressemble ! s'exclama Ann.

– Orland Wetherill a très bien pu mettre ce message sur le médaillon… Dans ce cas, il y aurait une énigme autour du chiffre 9.

Zack examina de nouveau la plaque.
–J'aimerais tellement comprendre, dit-il.
–Moi aussi, lui répondit Ann.
Elle jeta un coup d'œil à la fenêtre de la cabane, et Zack la sentit, une fois encore, distraite par quelque chose.
–Tout va bien ? s'inquiéta-t-il.
–Elle a l'air si vieille… Plus que dans mon souvenir.
Elle soupira, avant d'ajouter :
–Je suis contente qu'on ait trouvé ce message. Il nous aidera peut-être à déchiffrer l'inscription sur le médaillon.
–J'espère bien !
Il attendait qu'elle rétorque quelque chose, mais elle restait hypnotisée par la plaque.
–Tu es sûre que ça va ?
Elle posa une main sur son ventre.
–Oui, je commence juste à avoir faim.
–Tu veux venir goûter chez moi ?
Elle plissa les yeux comme pour réfléchir à la proposition de Zack, puis conclut :
–Je ferais mieux de partir.
Elle lui indiqua un sentier qui partait vers l'est.
–Je vais passer par là, c'est plus rapide.
–D'accord.
Il était déstabilisé : Ann avait décidé si brusquement de rentrer chez elle…
–Je connais le chemin, ne t'inquiète pas, lui dit-il.
–J'essaierai de retourner dans la grotte bientôt, d'accord ? Je te laisserai un message. Ou je t'attendrai près de la Tour et peut-être qu'on se croisera.

Lançant un dernier regard à la plaque, elle ajouta :

– « Neuf est un. » Je poserai la question à ma mère. Elle sait peut-être quelque chose.

Elle ne se détournait toujours pas de l'inscription.

– J'aimerais tellement revoir mon père… Il était incollable sur Vista Point.

Après un instant de silence, Zack dit :

– Je ferais mieux de rentrer, moi aussi. On se revoit vite, hein ?

– Promis.

Zack la regarda s'éloigner sur le sentier, puis disparaître dans la forêt.

Un mouvement dans les arbres attira alors son attention. Il découvrit un oiseau, un geai bleu, une fois encore, qui se posa sur une branche au-dessus de la cabane et l'observa.

– J'imagine que tu vis ici.

L'oiseau inclina la tête de gauche à droite avant de piailler.

Zack soupira.

– D'accord, je m'en vais.

En chemin, il se demanda si Ann était vraiment fiable. Il avait le sentiment qu'elle ne lui racontait pas tout. Il appréciait sincèrement les moments qu'il passait avec elle et la considérait comme son amie, mais parfois elle faisait des réflexions étranges.

Au moment où il descendait le long de la cascade séparant les deux piscines, il entendit le geai pousser un dernier cri.

Onze

RÉVÉLATION D'UN SECRET

Les enfants ne tardèrent pas à se rendre compte que la visite de Horatio Cuvallo avait perturbé leurs parents. Ils se montraient nerveux et distraits. Ses attaques les avaient, d'une façon ou d'une autre, troublés plus qu'ils ne voulaient l'admettre. Leur père s'était rendu à la mairie de Thornton Falls le jour même, et il y avait passé plusieurs heures. Pendant ce temps-là, leur mère s'était terrée dans leur bureau pour consulter des documents. Chaque fois qu'un de ses enfants lui adressait la parole, elle se montrait irritable.

– Cet homme est complètement fou !

Leur père répéta cette phrase à plusieurs reprises, pourtant les enfants n'étaient pas dupes et ils devinaient son malaise.

– Ça ne sert à rien d'en discuter, ajoutait-il systématiquement.

Ni leur mère ni lui ne voulaient épiloguer sur le sujet.

– Ils ont découvert un problème, déclara Ruth le samedi matin suivant.

Elle randonnait avec le reste de la fratrie dans la forêt. Ils allaient « à la piscine », comme ils disaient maintenant.

– Et ils ne veulent pas nous en parler, renchérit Ethan.

– Je suis sûre que maman et papa se sont assurés que tout était en règle avant d'acheter la maison, intervint Miriam. Ils ne sont pas bêtes, enfin. Je dois vous rappeler qu'ils s'appellent Einstein ?

On les avait tous si souvent taquinés sur leur nom de famille que c'était devenu une blague entre eux. Ça ne les dérangeait pas vraiment. Au fond, être chambré pour l'intelligence supposément attachée à « Einstein » était presque flatteur, même si aucun d'eux n'avait la bosse des maths, contrairement au plus célèbre d'entre eux. Leur père avait d'ailleurs pour habitude de faire des allusions à la théorie de la relativité dans des discussions qui n'avaient aucun rapport avec le sujet. « Quand je jouais au base-ball, mes lancers étaient plus rapides que ceux des autres joueurs. Enfin, tout est relatif ! » Leur mère surnommait parfois leur père « Albert », ce qui le poussait à ébouriffer ses cheveux, avant de lever les yeux vers le ciel comme pour l'étudier.

– Et s'il y a un problème, et qu'on ne peut vraiment pas ouvrir des chambres d'hôtes ? demanda Ruth. Comment gagneront-ils leur vie ?

Elle s'arrêta net et leva les bras d'un geste théâtral.

– Et si on perd tout notre argent ? « Les Einstein furent, à une époque, l'une des familles les plus aisées de Vista Point, jusqu'à ce jour fatidique... »

– Tu n'es pas sérieuse, là ! s'exclama Miriam en poursuivant son chemin. Allons nous baigner !

Ethan se tourna vers Zack.

– C'est le jour le plus chaud de l'année, pour l'instant. Je les note tous dans mon carnet.

De toute évidence, il voulait changer de sujet de conversation.

– « Une chance que l'été soit si chaud, car la famille Einstein, qui n'avait plus de toit depuis peu, ne possédait pas encore de sacs de couchage », continua Ruth.

– Ahhhh ! hurla Miriam.

Elle partit en courant, et les autres l'imitèrent rapidement.

Une heure plus tard, ils étaient assis dans l'herbe à côté de la plus vaste des deux piscines – qu'ils appelaient « le grand bain ». De petits chatons blancs de peuplier dansaient dans les rayons de lumière, le cours d'eau qui alimentait la piscine s'écoulait avec un agréable *glouglou*. Zack appréciait d'être allongé sur le dos, paupières closes, d'écouter ce bruit, de sentir l'air et le soleil sur sa peau. En se concentrant de toutes ses forces, et à condition que les autres restent silencieux suffisamment longtemps, il avait l'impression d'être là, seul, depuis une éternité, comme s'il s'était endormi et que personne n'était venu le déranger ou le chasser.

– Ça me fait plaisir que tu sortes plus souvent avec nous, Z, lui dit Ethan.

Zack rouvrit les paupières et fut ébloui. Il s'était assoupi.

– À moi aussi, ajouta Ruth.

– À moi aussi aussi, plaisanta Miriam. Sérieusement, c'est tellement mieux quand on est tous les quatre. Merci d'avoir trouvé cet endroit, Zack.

Il s'assit, puis s'étira. Il passait plus de temps avec son frère et ses sœurs dernièrement, ils avaient raison. À cet instant précis, où ils se prélassaient ensemble au soleil, il ressentit l'envie pressante de leur raconter ce qu'il avait découvert à la cabane, même s'il voyait mal comment l'expliquer sans évoquer Ann. Miriam était fermement opposée à l'idée d'y retourner, si bien qu'il ne pouvait pas compter sur le fait qu'ils tomberaient, « par hasard », sur la plaque. Il avait été tenté de poser des questions sur Orland Wetherill la veille, à la table du dîner, mais il avait préféré attendre un peu avant d'aborder le sujet. Il n'avait aucune envie d'avoir à répondre aux interrogations suscitées par son intérêt subit pour l'homme qui avait dessiné la Tour.

– Vous pensez qu'on reverra un jour les lumières ? lança-t-il plutôt. Sur l'autre rive du fleuve ?

Leur curiosité pour ce mystère s'était émoussée, et pourtant l'absence de réponse était un motif de contrariété pour eux tous.

– Pourquoi tu demandes ça maintenant ? s'étonna Miriam.

– Je ne sais pas, ça m'a traversé l'esprit.

– J'ai révisé l'alphabet morse, dit Ethan. On s'en était un peu servis dans mon camp scout.

Chaque fois qu'ils étaient allés à la Tour pour guetter les signaux, Ethan avait emporté un carnet et un stylo, dans l'espoir de noter la séquence de flashs s'ils se reproduisaient. Jusqu'à présent, il n'y avait rien eu à retranscrire.

– Maman avait sans doute raison, dit Ruth. C'était quelqu'un qui s'amusait.

– À propos de la Tour, enchaîna Miriam, je voudrais vous montrer quelque chose.

Elle sortit de son petit sac à dos un morceau de papier, qu'elle déplia et tendit vers eux. On aurait dit la page d'un site Internet.

– Comme on avait parlé de la possibilité de restaurer la Tour un jour, j'ai imprimé ça… son historique.

Zack était impatient d'entendre ce que Miriam allait leur apprendre. Elle se mit à lire :

– « Celui qui eut, en premier, l'idée de créer une étape routière à Vista Point s'appelait Orland Wetherill. Cet architecte renommé pour ses bâtiments en pierre et en verre avait en effet été consulté pour la construction de la voie rapide du grand fleuve. Il suggéra l'édification d'un observatoire d'où l'on pourrait admirer le cours d'eau en amont et en aval, dans une communion silencieuse avec l'infini. »

– Tu peux relire la dernière phrase ? demanda Ruth lorsque Miriam eut terminé. Celle sur la « communion silencieuse ».

Une fois qu'elle eut obtempéré, Ruth se contenta d'un geste de la tête satisfait, comme si elle venait d'entendre un beau morceau de musique.

– C'était incroyable, dit-elle, avant de se tourner vers Ethan. Il faut vraiment qu'on trouve un moyen de convaincre maman et papa d'acheter la Tour et de la restaurer.

– Attendez, intervint Miriam, ce n'est pas tout. Ça parle aussi de l'intérieur.

Alors qu'elle reprenait sa lecture, Zack fut assailli par la culpabilité : il l'avait déjà visité, lui, il savait combien c'était magnifique, tandis que son frère et ses sœurs devaient se contenter de l'imaginer.

– « Un escalier conduit du rez-de-chaussée de la rotonde à un balcon, sous une coupole. L'extérieur, en grès de couleur grise, est coiffé de tuiles vertes. L'intérieur est majoritairement composé de marbre. La coupole est recouverte de feuilles d'or bronze. Les fenêtres du haut sont en verre dépoli, que l'on retrouve dans la partie supérieure de celles du rez-de-chaussée. »

Miriam releva la tête.

– Il s'agit de la description d'origine, qui date de la construction, en 1895.

– Continue, l'encouragea Ethan.

– « Les sols et l'escalier intérieurs sont en marbre. La plupart des murs à l'intérieur de la rotonde sont en pierre calcaire blanc cassé et rose. C'est aussi le cas des fontaines à eau sculptées à la main. Le toit est recouvert de tuiles vernissées vertes. »

Miriam s'interrompit de nouveau.

– Il y a beaucoup de choses que je ne comprends pas, dit-elle.

– Ne t'arrête pas ! protesta Ruth. La description continue ?

– Un petit peu. Il est question des sculptures à l'intérieur. « Neuf têtes d'autochtones et de pionniers ayant vécu dans le coin surmontent les colonnes de la rotonde. Ils n'ont pas été identifiés. Entre les colonnes sont sculptés des motifs végétaux inspirés de la flore locale. »

Miriam les regarda avec une lueur dans les yeux.

–Écoutez un peu la suite, c'est vraiment le meilleur. « Un médaillon en argent est placé au centre de la coupole. On peut y lire les mots "un sur neuf", entourés de trois cercles concentriques composés de lettres disposées de façon apparemment aléatoire. Le mystère qui se cache derrière ce médaillon n'a jamais été révélé au public, et personne ne sait si c'est réellement Wetherill qui l'a placé là ni dans quel but. "Je demanderai simplement à celui qui déchiffrerait ce message de le garder pour lui, aurait un jour déclaré l'architecte. Que chacun puisse avoir la chance de découvrir la réponse." »

Miriam posa la feuille d'un geste définitif.

–Un médaillon en argent ! Et une énigme !

–Il y a une photo du médaillon ? s'enquit Ethan.

–Non, aucune, rétorqua Miriam en lui montrant la page imprimée. Juste la description que je viens de vous lire.

–J'aimerais tellement voir ce qui est écrit dessus, souffla-t-il. J'adorerais résoudre l'énigme.

–L'intérieur de la Tour a vraiment l'air… Les mots me manquent, soupira Ruth.

–Et pour toi, c'est une première, ironisa Miriam.

–Sans parler de ce message secret ! reprit-elle. Venez, on doit aller voir ça !

–C'est sûr que je meurs d'envie d'y entrer maintenant, moi aussi, dit Miriam en s'asseyant plus droite.

–Je l'ai déjà fait, dit Zack tout bas.

Les mots lui avaient échappé sans qu'il le décide. Et pourtant, au moment où ils franchissaient ses lèvres, il se rendit compte qu'il avait eu besoin d'avouer la vérité à son frère et à ses sœurs depuis le début.

–Quoi ? s'écria Ethan. Tu es entré dans la Tour ?

Miriam posa les yeux sur Ruth, puis sur Ethan, avant de les river sur Zack.

–Quand ça ?

Zack avait appris à s'habituer au silence qui l'enveloppait à présent ; l'ambiance avait changé du tout au tout, et la joie étonnée qu'il avait espéré lire sur les traits des autres était remplacée par un sentiment auquel il ne s'était pas attendu : ils n'étaient pas certains de pouvoir le croire.

–Quelques jours après notre installation, expliqua-t-il. La fois où vous êtes allés à Thornton Falls avec maman. J'étais sorti prendre l'air, je me suis approché de la Tour. Je ne sais pas pourquoi, j'ai tourné la poignée, et je me suis rendu compte que les portes n'étaient pas fermées.

–Et tu es entré ? demanda Ruth. Pour de vrai ?

–Oui, dit-il avec une pointe d'agacement. Vous n'allez pas me dénoncer, hein ? Je suis conscient que je n'aurais pas dû...

Ruth se tourna vers Ethan.

–Les portes ne sont pas fermées à clé ?

Leur grand frère se gratta le menton.

–On n'a jamais essayé de les ouvrir... Enfin, moi, non. Et je crois que papa et maman non plus.

Il ajouta à l'intention de Zack :

–Ils nous avaient demandé de ne pas entrer.

Zack les regarda tour à tour.

–Peut-être que les gens de l'association culturelle ont oublié de les verrouiller, je ne sais pas... En tout cas, à l'intérieur, c'est exactement comme ce que Miriam vient de nous lire. Le médaillon est toujours là. Et c'est vraiment chouette, pas du tout délabré. À part les quelques vitres cassées.

Il voulait leur apporter des preuves de ce qu'il avançait, mais il n'avait pas l'intention de mentionner Ann ni sa seconde visite à la Tour. C'était bien suffisant de leur avoir avoué qu'il avait désobéi à leurs parents une fois.

–Zack, dit Miriam d'une voix douce, avec une note interrogative.

Il ne lui laissa pas la possibilité de poursuivre.

–Je sais ce que tu vas dire. Tu te demandes si j'ai menti ou tout inventé. Non.

Il les dévisagea, un par un, et personne n'osa ouvrir la bouche. La sensation familière et déconcertante d'isolement – de ne pas être compris – l'envahit.

–Regardez ça, finit-il par lâcher.

Il ouvrit la petite poche avant de son sac à dos pour en sortir un morceau de papier qu'il déplia et tendit à Ethan. Son grand frère ne trahit aucune expression.

–Qu'est-ce que c'est ? s'impatienta Ruth.

Ethan lui passa le papier, et Miriam s'approcha d'elle.

–« Un sur neuf », dit Ethan, répétant ce qu'il venait de lire. Et le reste. Tout y est.

Il se tourna vers Zack.

–Tu es vraiment entré dans la Tour, hein ?

Il ne lui répondit pas. Il avait le regard perdu en direction de la cabane d'Orland Wetherill. Il n'arrivait pas à déterminer s'il trahissait l'amitié d'Ann en partageant toutes leurs découvertes avec son frère et ses sœurs. Est-ce qu'au contraire, s'il en parlait, ils pourraient, Ann et lui, se rendre plus facilement dans la Tour ?

– Il faut qu'on voie ça, nous aussi, déclara Miriam. Si c'est possible. Zack, tu n'aurais pas dû y aller tout seul, mais le mal est fait. On va y retourner tous ensemble.

– Pas sans maman et papa, objecta Ethan. On doit la visiter tous ensemble.

– Et si les portes sont fermées ? demanda Ruth. C'était sans doute un accident si elles étaient ouvertes le jour où Zack a pu entrer. Elles ne doivent plus l'être.

– Dans ce cas, maman et papa pourraient réclamer une clé à l'association culturelle, suggéra Ethan.

– Ça me paraît être un bon plan, approuva Ruth.

– Moi aussi, ajouta Miriam.

– Vous n'allez pas me dénoncer, hein ? s'inquiéta une nouvelle fois Zack. Je sais que je n'aurais pas dû, mais je ne veux pas avoir d'ennuis.

– On peut garder ça pour nous, le rassura Ethan. Simplement, tu dois nous promettre de ne pas y retourner sans nous.

– Promis ? insista Miriam.

– Promis, répondit Zack. La prochaine fois, on ira tous ensemble.

Douze

LE CAMPEMENT DANS LA FORÊT

Après avoir poursuivi leur conversation sur la Tour puis être retournés jouer un peu dans l'eau, ils rassemblèrent leurs serviettes et leurs sacs à dos. Ils se mirent en route pour rentrer. Au moment d'atteindre un embranchement juste au nord des piscines, au lieu de prendre vers l'ouest, Ethan se tourna vers le sentier qui s'éloignait vers l'est.

–On n'est jamais allés par là, encore. Ça vous dit de faire un petit détour ?

–On te suit, le chef scout, répondit Miriam.

Ils s'enfoncèrent dans une portion de la forêt, où les arbres étaient plus hauts et plus denses, avec des futaies de cèdres si épaisses par endroits que le fond de l'air était frais. Le soleil, filtré par les couches de feuillage, baignait tout d'une lumière tamisée émeraude. Par instants, Zack, qui marchait derrière les autres, fermait les yeux pour s'imprégner de cette atmosphère. Elle poussait son frère et ses sœurs à parler à voix basse – et moins souvent.

Ils cheminèrent en silence pendant plusieurs longues minutes. Soudain, Miriam s'arrêta et leva une main pour leur faire signe de l'imiter.

–Vous entendez quelque chose ? murmura-t-elle en inclinant la tête sur le côté.

Zack tendit l'oreille. Un son mélodieux lui parvint de très loin, un agencement harmonieux de notes, une voix humaine.

–Quelqu'un chante, dit-il.

–Oui, confirma Ethan. J'entends moi aussi. On dirait une femme.

Ruth montra le chemin devant eux.

–Avançons, on va bien voir.

Ethan repartit, talonné par son frère et ses sœurs, même s'ils marchaient désormais d'un pas précautionneux, pour ne pas faire le moindre bruit. Plus ils progressaient et plus la chanson – un air inconnu à Zack et qui avait pourtant des accents familiers, comme une berceuse, peut-être – devenait forte. Elle avait un rythme lent et triste.

–Vous comprenez quelque chose ? murmura Miriam. On dirait qu'elle chante dans une autre langue.

–« Lima anak » bidule chose ? suggéra Ruth avec perplexité. C'est de l'espagnol ?

–J'en ai pas vraiment l'impression…

–Chut ! leur fit Ethan.

Le sentier gravissait une petite pente abrupte, mais brève. Arrivés à son sommet, les quatre enfants Einstein découvrirent une immense clairière fourmillant de vie et d'activité. Quatre grandes cabanes en rondins – aux façades recouvertes d'un vernis couleur miel et aux cheminées qui crachaient de la fumée – occupaient les coins du vaste espace dégagé. Un grand potager, délimité par une barrière en bois, se trouvait sur un côté. Un enclos contenant plusieurs chèvres jouxtait l'une des maisons ; de petits abris de jardin étaient éparpillés ici et là. Des râteaux et des binettes étaient appuyés contre eux. Une modeste cabane étroite était nichée dans les branches d'un sapin, à côté de l'une des maisonnettes, à au moins six mètres du sol. On aurait dit un vaisseau spatial. Du linge séchait sur des cordes tendues entre plusieurs troncs, près de deux des habitations. Pas loin du potager, un immense feu dansait dans un foyer creusé dans le sol et entouré de pierres. Trois gigantesques banderoles blanches étaient fixées aux branches d'un cèdre. Ce fut ce détail qui retint immédiatement l'attention de Zack : dessus, des lignes noires, tracées avec méticulosité, formaient des motifs complexes.

Une poignée de personnes, parmi lesquelles deux enfants qui semblaient plus jeunes que Zack, étaient debout autour du feu ou assis sur des chaises pliantes. Une femme blonde, qui berçait un bébé dans ses bras, chantait, et les autres l'écoutaient. À l'instant où ses yeux se posèrent sur les quatre Einstein, elle s'interrompit. Tous les membres du public se tournèrent alors vers eux en silence.

– C'est l'endroit dont papa et maman nous ont parlé, chuchota Miriam d'une voix pleine d'excitation, juste assez fort pour qu'Ethan, Ruth et Zack l'entendent. Ces gens qui vivent en marge de la société !

Le cœur de Zack battait à tout rompre, en partie parce qu'il paniquait à l'idée d'être tombé sur autant d'inconnus au beau milieu de la forêt, et en partie parce qu'il avait la certitude qu'Ann se trouvait parmi eux. Il observa les gens réunis autour des flammes. Ils ressemblaient aux campeurs qu'ils avaient pu croiser, avec sa famille, quand ils partaient, avec leurs tentes et tout leur barda, passer le week-end à l'océan ou près d'un lac de montagne. Il en vint à se demander à quoi il s'était attendu…

– Bonjour ! leur dit l'un des hommes près du feu.

Il portait un jean et un tee-shirt bleu, et il aurait très bien pu être l'un des collègues de travail du père de Zack, à l'époque où il bossait comme architecte.

– Bonjour ? répondit Ethan d'un ton hésitant, en levant la main.

– On peut vous aider ? ajouta l'homme.

Deux autres se levèrent.

– On devrait peut-être partir, dit Miriam.

Elle avait parlé tellement bas que Zack, qui ne se trouvait qu'à quelques pas d'elle, avait eu du mal à l'entendre.

– On se promène juste dans la forêt, répliqua Ruth. Et on s'apprêtait à faire demi-tour.

Elle accompagna son explication d'un ample geste du bras, pour indiquer qu'ils allaient rebrousser chemin.

– Vous vous promenez ? leur demanda un autre homme.

Il avait des cheveux bruns, et portait un short taillé dans un jean. Il fit quelques pas vers eux.

– Vous vivez par ici ?

– Oui, confirma Ethan. Pas très loin.

– Chut, lui murmura Miriam. Allons-y.

Elle avait un ton implorant, presque effrayé.

– Vous êtes les bienvenus pour vous joindre à nous un moment, si vous le souhaitez, proposa le premier homme.

Deux femmes apparurent au coin de l'une des cabanes les plus éloignées du feu, puis deux enfants – d'environ 5 ans, tous les deux – sortirent d'une autre en se courant après. Il y avait à présent près d'une vingtaine de personnes qui observaient les enfants Einstein. Zack n'arrivait pas à savoir s'ils étaient mal à l'aise parce que leur campement avait été découvert, ou si cette intrusion les contrariait. À moins, peut-être, qu'ils soient simplement curieux.

– Il faut qu'on rentre, dit Miriam. Nous sommes désolés de vous avoir dérangés.

Elle attrapa le bas du tee-shirt de Ruth et tira doucement dessus.

– Vous ne nous avez pas dérangés, répondit le brun, avant d'écarter les bras en grand. La forêt appartient à tout le monde.

– Merci de nous avoir proposé de rester, dit Ethan, mais nous devons y aller.

Le brun se tourna vers les autres personnes autour du feu ; Zack n'entendit pas ce qu'un de ses compagnons lui disait. L'homme s'adressa de nouveau à eux.

– C'est vous qui avez emménagé dans l'ancien manoir des Vale ?

– Ne leur répondez pas, chuchota Miriam.

– Arrête, Mir, lui répliqua Ruth. C'est bien ça, continua-t-elle à l'intention de l'homme brun. On est en train de le rénover et on…

Elle hésita, puis jeta un coup d'œil à Zack, comme dans l'espoir qu'il allait lui souffler la suite.

–On est heureux de faire la connaissance de nos voisins, finit-elle par ajouter.

Le premier homme qui leur avait parlé dit :

–Nous aussi. Passez une bonne journée, poursuivit-il avec un geste de la main. Ça nous fait plaisir que vous soyez si amicaux.

–J'aime beaucoup ces dessins, commenta Zack en montrant une des banderoles, tout en caressant la pointe de flèche dans sa poche.

–Nous aussi, lui répondit la blonde. Merci.

–On espère vous revoir, conclut le brun.

Quelques-uns leur sourirent et leur firent au revoir de la main. La femme blonde se remit à chanter, tandis que son public redevenait attentif. C'était comme s'ils s'étaient tous retirés dans un monde parallèle, et qu'Ethan, Miriam, Ruth et Zack avaient disparu.

Zack balaya une dernière fois le campement des yeux, espérant toujours apercevoir Ann. Il sentit que Ruth l'entraînait par le tee-shirt.

–Rentrons à la maison ! lança Ethan avant de partir en courant.

Ses sœurs et son frère l'imitèrent, filant aussi vite que s'ils étaient poursuivis. Aucun d'eux ne regarda en arrière durant plusieurs minutes, le temps de mettre suffisamment de distance entre le campement et eux.

Lorsqu'ils finirent par faire une pause, afin de reprendre leur souffle, Miriam lâcha, se retournant à moitié dans la direction d'où ils venaient :

–Eh ben… C'était intéressant.

–Tu as eu peur ! lui lança Ruth. Avoue.

–Ils étaient très gentils, dit Ethan. C'était juste un peu gênant de débouler chez eux sans prévenir.

Avec un coup d'œil à Miriam, il ajouta :

–C'est vrai que tu as eu peur, Mir.

–Non, pas du tout. Je pense simplement que ce n'est pas une très bonne idée de raconter à n'importe qui où on vit et qui on est.

–Ce n'est pas comme en ville, ici, protesta Ruth. Ces gens étaient très gentils. Moi, je suis sûre qu'on n'a pris aucun risque en leur parlant. Ils nous connaissaient déjà… Et je suis d'accord avec toi, Z. Ces dessins étaient super cool.

–Tout l'endroit était cool, surenchérit-il, déçu malgré tout de ne pas avoir vu Ann. C'était…

Une pensée lui traversa l'esprit, une réflexion qu'il ne s'était pas faite sur le moment, quand le campement se trouvait sous ses yeux, mais qui s'imposait à lui maintenant.

–Ça va, Z ? s'inquiéta Ethan.

–Susan aurait adoré cet endroit, dit-il.

Les traits de Miriam se modifièrent, comme sous le coup de l'irritation. Elle fit deux pas vers Zack, et pointa un doigt accusateur vers lui.

–Tu es obligé de faire ça sans arrêt ?

–Mir, stop, souffla Ruth.

–Non. Je ne suis pas fâchée ni rien, c'est juste…

Elle reporta son attention sur Zack.

–Chaque fois qu'on fait quelque chose, on dirait que tu ne peux pas t'empêcher de nous rappeler ce qu'il est arrivé à

Susan. Elle a été renversée par une voiture. On l'a enterrée. C'est affreux, ça me révolte, et elle me manque autant qu'à toi, je pense à elle constamment. Mais ce n'est pas une raison pour parler d'elle à tout bout de champ.

– Ça suffit, Miriam, intervint Ethan. C'est toi qui es en train de parler d'elle, là. Nous, ça va très bien.

– Alors, on croise des inconnus dans la forêt, il se met à parler de Susan, et ça ne vous fait rien ?

Le silence qui s'abattit sur la fratrie était aussi pesant que celui dans la clairière, quand ils s'étaient retrouvés nez à nez avec ces inconnus. Le regard de Zack passa de Miriam à Ruth, puis à Ethan, avant de revenir sur Miriam. Il n'aurait pas su dire ce qu'il ressentait, si bien que les mots qui franchirent ses lèvres le surprirent autant qu'ils surprirent les autres.

– Tu veux juste l'oublier !

– Non, Zack, lui répondit Ruth, tu te trompes.

Il n'était pas d'humeur à écouter qui que ce soit. Un sentiment si dévastateur enflait en lui qu'il craignit de fondre en larmes.

– Si, vous voulez tous l'oublier ! hurla-t-il.

Puis il partit en courant le plus vite possible, dans l'espoir de réussir à les semer. Il n'avait qu'un désir : aller se terrer dans la grotte et rester seul.

Treize

DÎNER CHEZ LES BIGELOW

Plus tard dans l'après-midi, une fois que Zack se fut lassé de bouder dans la grotte – et après avoir déposé un message à Ann lui donnant rendez-vous le lundi suivant –, il se traîna chez lui. Il put constater que ses parents étaient partagés entre inquiétude et colère à son encontre. Quant à son frère et ses sœurs, ils ne virent aucun inconvénient à le laisser seul dans son coin. Les repas en famille étaient obligatoires, malgré tout, et il ne fut donc pas autorisé à rester dans sa chambre. Il mangea rapidement et mécaniquement. Il ne décrocha pas un mot lorsque les autres relatèrent leur rencontre avec les habitants des bois – rencontre qui s'était déroulée sans le moindre incident. Et il quitta la table dès que possible pour reprendre sa lecture de « Vacances enneigées », le quatrième tome de *Faucons et Brigands*, seul dans sa chambre, avant de s'endormir. Sa journée du lendemain, un dimanche, fut tout aussi solitaire. À 16 heures, sa mère frappa à sa porte et lui annonça qu'il devait être prêt à sortir à 18 heures.

–Nos nouveaux voisins nous ont invités à dîner. Les Bigelow, le couple adorable un peu plus loin sur la route.

Zack ne répondit rien.

–On y va tous ensemble, ajouta sa mère. Et on va tous passer un bon moment.

Elle avait vu plus que juste.

Rydell et Juanita Bigelow vivaient à cinq cents mètres à l'ouest de chez eux, sur la route principale. Ce soir-là, les six Einstein s'attablèrent dans la salle à manger douillette du couple d'un certain âge. Des tapisseries représentant des scènes de ferme, des montagnes enneigées, des champs de fleurs sauvages, et bien d'autres choses encore, étaient accrochées ici et là, sur les murs en rondins de la pièce. Il y avait aussi des vitrines et des buffets remplis de figurines en céramique et de vieux livres dans chacun des angles. Zack, qui n'avait pas prononcé un seul mot du trajet, s'émerveilla en silence de ce qu'il découvrait chez leurs voisins.

–Mon avis est évidemment biaisé, dit Rydell après avoir récité les grâces et avant qu'ils n'entament le dîner, mais ce poulet frit est le meilleur de la région, et peut-être même du pays.

Il s'exprimait avec tant d'assurance – on aurait pu croire qu'il annonçait la météo du lendemain – que Zack fut convaincu sur-le-champ. D'autant que Rydell Bigelow avait un regard doux et un large visage amène. Il portait un pantalon en laine et des bretelles, et il ressemblait un peu à leur grand-père paternel, papy Howard, si bien que Zack s'était senti à l'aise en sa compagnie dès l'instant où il avait franchi le seuil de la maison. Quant à Juanita, avec ses grosses lunettes et ses cheveux blancs coiffés en longue tresse dans le dos, elle s'esclaffait si souvent à ce que disait son mari, et d'un rire si délicieux, que Zack n'eut aucun mal à oublier la colère qu'il entretenait depuis un jour et demi.

Pendant qu'il savourait le dîner des Bigelow (« avec option végétarienne pour la demoiselle ! » avait annoncé Juanita en servant un plat de pâtes à Ruth), en compagnie de sa famille, il se débarrassa de tous les sentiments négatifs qui l'encombraient. La maison des voisins était vraiment minuscule, surtout en comparaison de la leur, et le terrain qui l'accompagnait aussi (un jardin, trois pommiers et quelques « sculptures » – des pierres que Rydell avait empilées des années auparavant). Il y régnait toutefois une atmosphère si chaleureuse qu'il était impossible de ne pas se laisser conquérir par elle. Zack retrouvait une forme de légèreté.

–Il te plaît, ce poulet, hein ? lui lança Rydell avec un clin d'œil complice.

–Oh, oui, monsieur. Merci.

–Je crois qu'il plaît à tout le monde, ajouta Morton. Vous avez déjà envisagé d'ouvrir un restaurant ? Il serait pris d'assaut !

Juanita éclata de rire, et Rydell se cala dans sa chaise pour jouer avec une de ses bretelles.

–C'est vous qui allez créer l'événement dans le coin. Avec vos chambres d'hôtes. Ça faisait une éternité que rien n'était venu pimenter les choses par ici.

–Vous vivez dans cette ville depuis combien de temps, monsieur Bigelow ? lui demanda Ethan.

–Eh bien, moi, je suis originaire de Roseburg.

–Et moi, d'un peu plus au sud, près de Pailey Bay, expliqua Juanita. On s'est rencontrés il y a des années, quand on travaillait aux écluses, tous les deux. On a acheté cette maison en 1963, ça fait donc presque quarante ans.

–Le coin a dû beaucoup changer entre-temps, remarqua Deborah.

Il n'en fallut pas davantage pour que Rydell et Juanita leur relatent certaines anecdotes sur la région – l'exploitation forestière qui avait connu son heure de gloire puis son déclin, la construction de la voie rapide le long du fleuve qui avait transformé les fameuses chutes d'eau en attraction touristique, la fois où une péniche avait pris feu sur l'eau, celle où un détenu en fuite avait été arrêté dans un restaurant près de la cascade d'Argent.

–Vous savez, poursuivit Rydell, la maison dans laquelle vous vous êtes installés n'a pas toujours été une grande demeure comme aujourd'hui.

–C'est ce que nous avons cru comprendre, dit Deborah. J'ai fait quelques recherches sur le sujet.

–C'était une maisonnette, insista Rydell.

–Juste à côté de l'étape de Vista Point, ajouta Juanita. C'était magique de côtoyer un tel bâtiment.

–L'étape ? s'étonna Miriam.

–C'est ce qu'on appelle désormais une aire de repos. L'édifice était quasiment à l'abandon à notre arrivée ici, puis les autorités ont essayé de le réhabiliter en partie. Il y a vingt-cinq ans, au moment de la construction de la grande voie rapide, la majeure du passage s'est retrouvée concentrée sur cet axe-là. Les propriétaires de votre maison, qui était déjà devenue un immense manoir à ce moment-là, étaient assez riches pour créer toutes sortes de difficultés juridiques concernant l'accès à ce lieu. Ils ne voulaient pas d'automobilistes près de chez eux. Les autorités ont fini par renoncer, et l'étape a fermé ses portes. Elle est vide depuis une quinzaine d'années.

– C'est vraiment dommage, dit Juanita. Un bâtiment si ravissant et si fréquenté à une époque. On a du mal à croire qu'il est délaissé aujourd'hui.

Morton en profita pour rebondir :

– Un monsieur est passé nous voir la semaine dernière. Il nous a dit qu'il avait vécu dans notre maison autrefois. Il était très contrarié par notre présence et par notre désir d'ouvrir des chambres d'hôtes.

Juanita releva le menton.

– Je parie que c'était Horatio.

– Exactement, confirma Deborah. Horatio Cuvallo.

– Il y a habité avec sa famille, précisa Rydell. Ils occupaient la maison quand nous avons acheté la nôtre. Lui, sa femme et leur petite fille.

– Eh bien, il a vraiment une dent contre nous, soupira Deborah.

– Il a une dent contre tout le monde, la rassura Juanita. J'ai de la peine pour lui. Nous n'avions d'ailleurs pas eu de ses nouvelles depuis des années. Il a brusquement fait une réapparition, il y a… quoi ?

Elle se tourna vers Rydell.

– Quatre ou cinq ans ?

– C'est ce que je dirais, confirma-t-il. Son épouse l'a quitté aux alentours de 1965 et a emmené la petite. Horatio a fait le Vietnam, et on n'a plus entendu parler de lui pendant des années. Il a été porté disparu. Au combat. On le croyait tous mort. Je pense qu'il a changé quand sa femme et sa fille sont parties. Il est devenu amer. Il me semble même qu'il s'est un peu mis à boire. Ensuite, il a perdu la maison et le terrain. Comme il ne pouvait plus payer ses dettes, la banque les lui a repris. Je suppose qu'il n'avait d'autre choix que de s'engager dans l'armée.

Les Einstein avaient interrompu leur repas tant ils étaient passionnés par ce qu'ils entendaient. Juanita eut soudain un petit air gêné.

– On ne cherche pas à déterrer de vieilles rumeurs, s'excusa-t-elle. C'est juste pour vous faire comprendre pourquoi Horatio se comporte ainsi.

Elle se tapota la poitrine.

– Il a eu le cœur brisé. Il est malheureux.

– Quelle histoire affreuse, murmura Ruth, qui considérait Juanita avec tristesse. Est-ce qu'il a revu sa femme et sa fille ?

Rydell haussa les épaules.

– Qui sait ? Il nous a tous surpris en revenant ici, à Vista Point. Il s'était installé chez un parent dans les environs ; j'ignore s'il vit toujours au même endroit. Quand on le croise, ce qui arrive régulièrement, on se montre amicaux… Lui ne change pas.

Zack avait été captivé par le récit de Rydell et de Juanita. Il était déjà au courant que Horatio était un ancien soldat, mais le couple venait d'enrichir le tableau de nombreux détails. Il ne pouvait s'empêcher de rester frappé par cette étrange coïncidence : Ann avait un père militaire… comme Horatio !

– Comment s'appelait sa fille ?

Il s'attira des regards perplexes de toute la tablée.

– Felicia, je crois, non ? répondit Rydell en demandant confirmation à Juanita.

– Oui, c'est ça. Felicia. Dieu seul sait ce qu'elles sont devenues, sa mère et elle. À ma connaissance, personne ne les a jamais revues dans le coin.

– L'histoire locale est vraiment passionnante, approuva Morton. J'ai l'impression qu'il y a une anecdote cachée au détour de chaque route.

– Les meilleures concernent l'étape, dit Rydell.

– On l'a surnommée la Tour, expliqua Ethan. À cause de sa forme.

– Ça me plaît, dit Juanita. La Tour. On s'est habitués à « l'étape », à force d'employer ce mot, mais la Tour, c'est bien plus joli.

– Plus romantique, ajouta Ruth.

– Bon, pour en revenir à cet endroit, qu'on appellera donc la Tour, reprit Rydell, si elle était mieux entretenue, elle pourrait constituer un véritable atout pour la région, non ?

Il adressait sa question à Juanita, qui abonda dans son sens.

– Tout à fait. Je ne sais pas quel crédit on peut accorder à ces récits, mais lorsque nous sommes arrivés ici, il y avait encore des gens du coin qui se souvenaient d'Orland Wetherill, le principal architecte de la Tour. Il avait investi beaucoup de fonds personnels pour sa construction, et il a dû se battre pour qu'elle reste ouverte. Il faut dire qu'il y a eu deux guerres et plusieurs périodes difficiles. Il n'a jamais pu réaliser complètement son rêve, même si son bâtiment est une merveille.

– Miriam a trouvé des informations sur lui, dit Ethan.

Elle leva les deux mains en souriant.

– J'avoue, j'avoue.

Leur père soupira.

– Laissez M. et Mme Bigelow parler, s'il vous plaît.

– Oh, appelez-moi Rydell, protesta ce dernier. Et ma femme, Juanita. On ne va pas s'encombrer de formules de politesse. Nous sommes amis, maintenant. D'ailleurs, après le dessert, je compte vous régaler d'un petit morceau de clarinette. Mais que disais-tu, Juanita ?

– Simplement qu'à l'époque on racontait qu'il y avait, selon Orland, une formule magique à réciter, une fois par an je crois, sur le perron de la Tour. Celle-ci aurait permis, si le bâtiment avait été correctement entretenu, bien sûr, d'attirer non seulement des visiteurs, mais aussi d'en faire un lieu réputé pour son hospitalité. Sa bonté. Qui contaminerait, en quelque sorte, tous ceux qui viendraient le voir.

– Voilà le genre d'incantation qui pourrait nous être utile à l'heure actuelle, philosopha Morton.

– À qui le dites-vous ! répliqua Rydell. Difficile de savoir, toutefois, si Orland Wetherill a vraiment parlé de cette formule magique ou si les gens du coin ont tout inventé. C'est une idée plaisante en tout cas. Apparemment, cette histoire circulait beaucoup autrefois.

– Moi aussi, j'ai entendu dire ça, lança Zack. Que cet endroit portait bonheur.

Une fois de plus, tous les regards se rivèrent sur lui.

– Tu as entendu dire ça ? répéta Miriam. Où ça ?

– Je… je ne me souviens pas. Quelque part.

Il se mura aussitôt dans le silence, bien conscient d'être au centre de l'attention. Il avait rougi.

Juanita marqua son approbation d'un claquement de langue.

– Je suis convaincue que cet endroit portera chance maintenant que vous vivez à côté. Réellement convaincue.

– On devrait acheter la Tour pour la rénover, papa, intervint Ruth. Imagine que cette histoire soit vraie !

Il y eut une pointe d'irritation dans la réponse de Morton.

– Ce n'est peut-être qu'une fable, chérie.

Tout le monde éclata de rire – enfin, tout le monde, sauf Zack.

– Et si c'était vrai ? insista-t-il, en pensant aux lettres du médaillon. Et si cette incantation existait pour de bon ? Et si quelqu'un la récitait après que la Tour aurait été rénovée et que… comment dire ? Et que grâce à ça, tout allait bien de nouveau ?

– Tu as une âme très généreuse, mon garçon, lui dit Juanita avec un sourire.

Il sentit les larmes lui monter aux yeux. Pourtant, cette fois, elles ne s'assortissaient pas de l'habituel sentiment de tristesse, mais plutôt d'un espoir agréable qui le surprit.

– Merci, dit-il, avant d'ajouter, après un regard en direction de ses parents : Juanita.

– Bravo ! approuva-t-elle.

– Je crois que l'heure du dessert a sonné, intervint Rydell. Pour moi, au moins !

– J'ai fait des scones aux myrtilles, et on va les accompagner de glace, répondit Juanita en se levant.

– Rien de tel pour préparer nos amis à un petit concert de clarinette ! s'exclama son mari.

La bonne humeur était si générale que Zack tenta de se rappeler la raison de sa si grande colère de la veille, contre son frère et ses sœurs.

– Je suis désolé, leur dit-il, profitant du fait que leurs parents soient allés aider Juanita en cuisine. Pour hier.

– Ne t'en fais pas, Z, le rassura Ethan avec un sourire.

– Tu sais qu'on a voté pour décider s'il fallait ou non t'exclure de la famille, compléta Miriam, un sourire jusqu'aux oreilles.

– Trois à zéro en faveur de ton maintien, conclut Ruth en enlaçant son petit frère par les épaules.

C'était si bon de quitter les rives de la colère et de la tristesse. Pourtant, le lendemain, après s'être rendu dans la grotte et avoir trouvé un mot d'Ann – *Je ne pourrai pas venir avant quelques jours*, disait-il –, l'abattement le gagna de nouveau Il était impatient de la revoir, il voulait savoir si elle était au courant pour la légende de la Tour, il voulait lui demander de lui montrer d'autres endroits aussi intéressants dans le coin… Il commençait à se dire qu'il n'était plus certain de la recroiser un jour.

Quatorze

RÉVÉLATIONS ET DOUTES

Les travaux dans la maison ne laissaient aucun répit aux Einstein. L'intérieur commençait à prendre joliment forme : toutes les pièces avaient été repeintes, et la plupart des meubles étaient installés. Il y avait aussi quelques objets anciens chinés par Morton et Deborah dans des boutiques de seconde main. Deux des cinq chambres destinées à accueillir des clients étaient presque prêtes. Cependant, la salle à manger et la cuisine nécessitaient encore beaucoup d'interventions. Quant à l'extérieur, il était enfin présentable, après la pose de volets sur toutes les fenêtres et le remplacement des gouttières. Les ouvriers avaient également tondu la grande pelouse à l'avant, ainsi que les haies autour du manoir.

–À ce rythme, on ne pourra pas tenir les gens éloignés très longtemps, observa Morton à la table du dîner, le lundi soir.

–Vous rêvez de devenir un hôtelier optimiste ? lui lança Miriam. Comment vendre la peau de l'ours avant de l'avoir attrapé.

Ruth éclata de rire.

–« Avant de l'avoir tué », Mir, pas attrapé ! Mais enfin !

–Tu es sûre de toi ? Ça paraît pourtant logique, il faut d'abord l'attraper, non ?

Elle se tourna vers Ethan.

–L'expression parle de le tuer, Miriam, j'en suis sûr et certain.

Avec un petit sourire espiègle, il ajouta :

–Peut-être que quelqu'un devrait « attraper » un livre de temps en temps…

–Quand j'aurai fini d'attraper des ballons et que je serai devenue joueuse de basket professionnelle…

Sa mère l'interrompit.

–Nous disions donc que la maison prend joliment forme, et que nous apprécions beaucoup, votre père et moi, votre participation à chacun… avec vos différents talents.

Elle posa un regard appuyé, affectueux et légèrement taquin, sur Ethan, puis sur Miriam.

–« Mme Einstein ressentait souvent le besoin de punir ses deux enfants aînés pour leur insubordination », lança Ruth.

Tout le monde rit de bon cœur.

Les enfants avaient décidé de ne pas discuter tout de suite de la Tour avec leurs parents. Si ceux-ci semblaient globalement optimistes, il était évident que la visite de Horatio Cuvallo les avait perturbés. Ils n'avaient fait part d'aucun obstacle concret, mais ils se fermaient toujours un peu dès que la question de l'inauguration des chambres d'hôtes se présentait. Jusqu'à présent, ils avaient annoncé une date, à la fin des grandes vacances – et, maintenant que la deuxième semaine de juillet venait de commencer, celle-ci se rapprochait. Chaque fois que les enfants abordaient le sujet, leurs parents se montraient évasifs. Et ils n'osaient plus mentionner le nom d'Horatio. Le lendemain du dîner chez les Bigelow, lorsque, au petit déjeuner, Ruth s'était apitoyée sur la triste histoire de l'ancien soldat, leur père avait balayé ce sujet d'une façon un peu brusque.

–La plupart des gens sont aussi malheureux, ou heureux, qu'ils décident de l'être. En tout cas, c'est l'opinion de l'ancien président Abraham Lincoln.

À la suite de la conversation chez les Bigelow, Zack était plus que jamais fasciné par le médaillon et l'inscription qu'il comportait. Il passait beaucoup de temps à étudier, dans sa chambre, le morceau de papier sur lequel il avait tout recopié, mais également à discuter, avec Ethan et ses sœurs, du sens que pouvait bien avoir ce charabia.

–C'est sans doute lié à l'incantation, vous ne pensez pas ? lança Miriam, au moment où ils partaient faire une promenade matinale, le jeudi.

–Si, je suis du même avis, répondit Ethan. Enfin, bon, il ne faut pas non plus accorder trop d'importance à l'histoire des Bigelow. Qui peut vraiment croire qu'en récitant cette formule la Tour deviendrait… quoi ? Magique ?

–Oh, Ethan, protesta Ruth, c'est plus drôle d'y croire, quand même. Tu n'es pas d'accord, Zack ?

–Si. J'aimerais tellement réussir à déchiffrer le message sur le médaillon…

–Je suis convaincu qu'il est codé, et qu'il nous suffit de trouver la clé. Une fois qu'on l'aura, c'est très simple, on remplacera chaque lettre par la bonne, dit Ethan.

–Sauf que tous les mots ou presque ont neuf lettres, souligna Ruth. Ça ne semble pas très plausible…

–À moins que les lettres aient seulement été réunies par groupes de neuf, proposa Miriam.

–Moi, j'ai plutôt l'impression qu'il manque des tas de lettres, rétorqua Zack.

Il avait consacré beaucoup de temps à ce problème, et il avait même étudié les articles sur les codes et les messages secrets dans une vieille encyclopédie en plusieurs volumes appartenant à leurs parents. Il n'avait toujours pas parlé à son frère et à ses sœurs de la plaque au-dessus de la porte de la cabane d'Orland Wetherill – il craignait de devoir répondre à toutes sortes de questions sur le moment où il s'y était rendu seul. Or, il était convaincu, à cause de cette plaque, que le chiffre 9 était la clé.

–On doit retrouver les lettres manquantes, reprit-il.

–Je ne sais pas, dit Miriam. Ça me paraît trop simple.

–Mais comment vous comprenez les mots « un sur neuf », vous ? demanda Ruth.

Ils venaient de pénétrer dans les bois juste au sud de chez eux, de l'autre côté de la route, où le sol était plus régulier. Le sentier traversait plusieurs clairières. Ils ne l'avaient encore jamais emprunté. Il y avait de petits nuages bas dans le ciel, même si le soleil semblait sur le point de les disperser.

–Où as-tu entendu dire que la Tour portait chance, Zack ? s'enquit Ethan, qui se souvenait du dîner chez les Bigelow.

–Par une fille.

Il réfléchissait depuis plusieurs jours à la possibilité de parler d'Ann à son frère et à ses sœurs, et il avait décidé de leur raconter, le moment venu, qu'il était tombé sur elle dans la forêt. Il ne dirait rien ni sur leurs visites communes à la Tour ni sur la grotte.

–Une fille ?

Ethan s'arrêta net, et les autres l'imitèrent.

–Quelle fille ? ajouta-t-il.

–Je ne vous en ai pas parlé, expliqua Zack. Un jour, pendant que vous n'étiez pas là, je suis sorti jouer dehors, et une fille est arrivée par le sentier qu'on prend pour aller à la cascade du Voile de l'Ange. Elle m'a dit qu'elle vivait dans le coin.

Ruth regarda Ethan, puis Zack.

–Et tu l'as dit à papa ?

–Non. Et j'apprécierais que vous ne lui en parliez pas. Ni à lui ni à maman. Cette fille habite dans le coin, elle s'appelle Ann.

–Zack, le réprimanda Miriam, c'est la seconde fois que tu nous confies une chose que tu ne veux pas répéter à maman et papa. Je n'aime pas ça du tout.

–Je n'ai enfreint aucune règle ! se défendit-il. J'ai juste rencontré une fille qui se promenait dans la forêt.

–Elle a quel âge ? voulut savoir Ruth.

–Celui qu'avait Susan.

Sa réponse fut accueillie par le désormais habituel silence gêné. Ethan finit par le rompre.

–Zack… tu es tombé sur une fille qui a l'âge qu'avait Susan quand tu étais seul, et personne d'autre n'est au courant ?

–Je n'invente pas !

Il s'était préparé à leur réaction ; il s'attendait à ce qu'ils doutent de lui. Et il avait décidé qu'il ne serait pas déçu.

–Je vous assure que je l'ai vue. Elle s'appelle Ann. Elle a grandi dans le coin, elle m'a donné des informations sur la Tour et sur d'autres choses. C'est sa mère qui dit que la Tour porte chance. Elle travaille dans un restaurant au bord de la voie rapide.

Il était persuadé que ce dernier élément les convaincrait.

–Enfin, pourquoi une fille de cet âge se promènerait toute seule dans la forêt ? insista Miriam avant de se tourner vers Ethan. Ça n'a pas de sens.

–Ce n'est pas si bizarre, répondit-il. Elle t'a dit autre chose sur la Tour, Z ?

–Pas vraiment.

–Et tu ne l'as pas revue depuis ?

Zack n'avait aucune envie de mentir à son frère et à ses sœurs… disons plutôt qu'il ne voulait pas tout leur raconter.

–Non, je ne l'ai pas revue.

–Je trouve ça quand même étrange qu'une gamine se balade seule sur les sentiers du coin, s'entêta Miriam.

–Elle t'a dit où elle vivait ? demanda Ruth.

–De l'autre côté de la forêt.

Il se rendit compte qu'elle avait mis le doigt sur l'élément qui l'ennuyait depuis le début.

–Je ne sais pas où exactement, avoua-t-il.

–Venez, on avance, dit Miriam en ajustant les bretelles de son sac à dos.

–Tu ne me crois pas, lui lança Zack alors qu'elle s'éloignait.

Ce n'était pas une question, mais une affirmation.

–Il faut qu'on avance, se contenta-t-elle de répondre sans se retourner vers lui.

Il observa le sol à ses pieds et, l'espace d'un instant, il envisagea de lui répliquer quelque chose de désagréable avant de s'enfuir en courant. Encore une fois. Il se retint. Il ajusta les bretelles de son sac à dos lui aussi, et dit à Ethan et à Ruth:

–Allons-y.

Aucun d'eux ne lui répondit. Ils se remirent en route, et Zack ferma la marche.

Au bout d'une vingtaine de minutes sur le nouveau sentier, Ruth s'immobilisa brusquement. Elle venait d'apercevoir une grande clairière un peu à l'ouest.

–C'est quoi ?

Les autres regardèrent dans la direction qu'elle leur indiquait.

Une barrière en bois faisait le tour d'une clairière où se trouvait ce que Zack prit pour de petits rochers alignés avant de comprendre qu'il s'agissait de pierres tombales.

–Un cimetière, dirent Ethan et Miriam à l'unisson.

–Allons-y, proposa Ruth.

Ils quittèrent le sentier pour s'engager sur un autre, plus étroit, menant directement au cimetière. Le portillon en bois était entrouvert, pourtant ils s'arrêtèrent devant, sans un mot.

Zack reconnut le petit son qu'il entendait parfois à la Tour, comme un vague bourdonnement ou une vibration dont il n'avait jamais réussi à identifier l'origine. Il ferma les yeux un instant, et une image de Susan lui vint aussitôt à l'esprit.

– Toi d'abord, chef scout, dit Miriam.

Zack rouvrit les yeux. Ethan pinça les lèvres, puis plaça une main sur le portillon pour le pousser.

– Je suis sûr que cet endroit est chargé de souvenirs, dit-il. Suivez-moi, on va faire un petit tour.

Il se tourna vers Zack pour s'assurer que ça ne lui posait pas de problème.

– D'accord ?

Personne ne bougeait. Ils échangeaient des regards inquiets.

– Vous êtes certains que c'est une bonne idée ? demanda Ruth. Vous ne pensez pas qu'on devrait plutôt…

– On fait un tour rapide, l'interrompit Miriam, avant de s'adresser à Zack : Tout ira bien.

Ethan entra en silence dans le cimetière, suivi par ses deux sœurs. Zack resta figé sur place un instant, puis il leur emboîta le pas.

Ils se dispersèrent dans différentes allées, qu'ils remontèrent lentement pour regarder les tombes. Le cimetière était petit, à peu près de la longueur que Zack et Ethan mettaient entre deux buts quand ils jouaient au foot. Et il était parfaitement plat, avec un gazon bien entretenu. Certaines sépultures étaient de simples plaques dans le sol, d'autres des stèles verticales, et d'autres, enfin, plus imposantes.

–Né en 1863 ! s'exclama Miriam, en indiquant l'une d'elles. C'était pendant la guerre de Sécession.

–Cette famille-là a perdu un bébé, dit Ruth, qui contemplait avec tristesse une petite plaque. C'est affreux.

–Certaines personnes ont été enterrées il y a plus d'un siècle, ajouta Ethan. Mais d'autres sont là depuis peu de temps.

Zack remontait une allée, yeux baissés, cherchant à ne pas se laisser absorber par ses souvenirs de l'été précédent. Soudain, il s'immobilisa aussi brusquement que si quelqu'un avait posé une main sur son épaule. Il redressa la tête et étudia la stèle en marbre blanc devant laquelle ses pas l'avaient conduit.

ORLAND WETHERILL
1855-1929
FILS, MARI ET PÈRE BIEN-AIMÉ
« UN SUR NEUF »

–Qu'est-ce que tu as trouvé, Zack ? lui cria Ethan.

Il se rendit alors compte que son frère et ses sœurs se tenaient de l'autre côté de la stèle et le dévisageaient. Il avait été si absorbé par ses pensées qu'il ne les avait pas remarqués.

–Orland Wetherill, dit-il tout bas. L'homme qui a construit la Tour.

Les trois autres le rejoignirent.

–C'est vrai ! se réjouit Ruth. Et ça doit être sa femme, là.

Elle indiquait la tombe voisine, au nom d'une certaine Melrithia Wetherill, née en 1861 et décédée en 1945.

–Et là, sans doute les autres membres de sa famille, ajouta Miriam.

Plusieurs sépultures comportaient le nom Wetherill tout autour. La plus récente remontait à 1967.

Zack ne parvenait pas à quitter des yeux la stèle d'Orland Wetherill.

–« Un sur neuf », murmura Ethan, disant tout haut ce que Zack pensait tout bas.

–Comme sur le médaillon, souffla Ruth.

–C'est un peu flippant, non ? lâcha Miriam.

–Pourquoi c'est aussi écrit ici, à votre avis ? demanda Zack, sans détacher son regard des mots.

–Aucune idée, lui répondit son grand frère. J'imagine que c'était très important pour lui.

–Ou alors, c'est un indice ? suggéra Ruth. Pour déchiffrer le message sur le médaillon ?

Zack entendit de nouveau le bourdonnement dans son crâne, puis ses pensées s'embrouillèrent, et à une image du médaillon se superposèrent des paroles d'Ann ainsi que des souvenirs de Susan, du visage de sa mère ce fameux soir à la fête foraine, et…

–Hé ! s'écria Ethan en lui agrippant brusquement le bras. Ça va ?

Zack secoua la tête comme pour se tirer des brumes du sommeil.

–Oui, oui, le rassura-t-il d'une voix un peu hésitante.

–On aurait vraiment dit que tu allais t'évanouir, lui signala Miriam. T'as pris trop de soleil ou quoi ?

Un piaillement leur parvint de la forêt, juste derrière la barrière du cimetière.

–Regardez ! s'exclama Ruth, en montrant un immense cèdre dont les branches se déployaient au-dessus d'une rangée de tombes. Un geai bleu !

Elle se tourna vers Miriam dans un grand éclat de rire.

–Le même que la dernière fois ! Il a vraiment quelque chose contre toi !

La blague de Ruth n'amusa pas vraiment les autres, qui se contentèrent d'observer l'oiseau. Il poussait son cri discordant en remuant la tête, comme s'il était dans tous ses états. Zack repensa à la plaque qu'ils avaient trouvée, Ann et lui, au-dessus de la porte de la cabane.

–Venez, dit Miriam, retournons sur le sentier. Il faut boire un peu d'eau, ajouta-t-elle avec un regard pour son petit frère. Tu te sentiras mieux.

Ethan avait toujours une main posée sur son bras.

–Ça va ?

Zack jeta un bref coup d'œil à la stèle d'Orland Wetherill, puis au geai, qui continuait à piailler sur sa branche.

–Très bien.

Cet après-midi-là, pendant que sa mère emmenait Ethan s'entraîner à la conduite, et que ses sœurs aidaient son père à peindre la rampe de l'escalier entre le premier et le second étage, Zack s'échappa pour aller dans la grotte, où l'attendait un message d'Ann : *Je peux te retrouver ici demain, après le déjeuner.*

Quinze

RENDEZ-VOUS

Zack passa la matinée suivante à lire la première moitié de « La Ligue des aventuriers », le cinquième tome de *Faucons et Brigands*, sans quitter sa chambre. Il craignait de ne pas réussir à sortir seul après le déjeuner, et pourtant tout fut résolu lorsque sa mère, son frère et ses sœurs décidèrent d'aller faire quelques courses à Thornton Falls. À 13 heures, sous le soleil écrasant de la mi-juillet, il traversait le grand pré. Une fois dans les bois, il chercha Ann entre les arbres. Ne la voyant pas, il s'engagea sur le sentier qui descendait à flanc de promontoire, atteignit le replat puis trouva les cèdres, la vieille souche et la grotte juste derrière. Il s'attendait à ce qu'elle soit vide, mais, en soulevant le rideau de végétation, il entendit Ann s'écrier :

– Tu es là !

Elle bondit pour aller à sa rencontre.

– J'ai bien reçu ton message, dit-il en entrant.

– Ma mère a travaillé presque tous les jours, lui expliqua-t-elle en se rasseyant aussi vite qu'elle s'était levée.

Elle portait un tee-shirt blanc et un jean bleu, exactement comme lors de leur première rencontre.

–J'ai dû l'accompagner au restaurant. Je n'étais pas venue ici depuis très longtemps.

Il s'installa face à elle, en tailleur. Il y avait de la lumière dans la grotte, et il faisait frais, c'était agréable.

–Je voulais te demander, Ann… Comment s'appelle le restaurant dans lequel ta mère travaille ?

–Le Relais. Elle l'aime bien.

Il examina de nouveau les graffitis au fond de l'antre. Ann se retourna pour suivre son regard.

–Ray et Jing, murmura-t-elle.

–Ça ne t'intrigue pas ?

–Si, et on ne saura sans doute jamais qui ils étaient…

Ils se racontèrent ce qu'ils avaient fait depuis la dernière fois. Ce fut surtout Zack qui expliqua à Ann que le manoir prenait forme et qu'il avait passé ses journées à se balader ou à se baigner avec son frère et ses sœurs (quand ils n'aidaient pas leurs parents, bien sûr).

–On leur répète sans arrêt qu'on pourrait restaurer la Tour et l'ouvrir à nouveau au public, conclut-il.

–Je viendrais tous les jours. J'adore admirer le fleuve depuis les marches du perron. Il est si beau d'en haut.

–Nos voisins nous ont invités à dîner chez eux, aussi. Un couple qui vit à Vista Point depuis très longtemps. Les Bigelow.

Elle plissa les yeux.

–C'est comment, leur nom ?

–Bigelow.

–Je crois que je les ai déjà rencontrés.

–Ils sont vraiment très gentils. Ils nous ont parlé d'une incantation en rapport avec la Tour, et j'en suis venu à me dire que, peut-être, tout ce charabia sur le médaillon avait un lien avec la formule magique. Oh, et j'allais oublier! Tu as regardé les lettres justement ? Celles que j'ai recopiées la dernière fois ?

–J'ai essayé un peu, mais j'ai abandonné. Ça ne voulait rien dire.

Un sifflement provenant de tout en bas – sans doute d'un bateau – remonta le long du promontoire. Une triste plainte.

–Si tu vis de l'autre côté des bois, dit Zack, pourquoi est-ce que tu viens par ici ? Ça fait un moment que je veux te poser la question.

–J'adore la Tour. J'adore lui rendre visite. Et puis, il y a cette grotte. Ça tient probablement aussi beaucoup au fait que mon père adorait ce coin et m'y emmenait. Il me répétait que si, un jour, je me perdais, il suffisait que je retrouve la Tour, et il viendrait me chercher. Il disait que je n'avais pas à m'inquiéter, parce qu'il serait toujours là.

Zack ne sut pas quoi répondre. Si le père d'Ann avait été tué à la guerre, alors il ne pourrait plus venir la chercher, il ne pourrait plus lui apporter son aide si elle en avait besoin. Il s'interdit d'aller au bout de sa réflexion.

–À l'époque où on vivait encore à Roseburg, dit-il, j'avais parfois peur de me perdre dès que je m'éloignais de mes parents, de mon frère et de mes sœurs.

–Quand j'étais en CP, enchaîna Ann, on a lu, l'histoire d'une petite fille qui s'égarait dans la forêt. Les gens qui la cherchaient mettaient beaucoup de temps à la retrouver. Je n'aimais pas cette histoire. Elle me terrifiait. J'en ai discuté avec mon père, et il m'a appris une technique pour pouvoir me retrouver quoi qu'il arrive.

Zack sentit un frisson lui parcourir l'échine.

–Une technique ? Comment ça ?

–Ben, disons... C'est un peu compliqué.

Elle fixa ses mains et gratta un de ses doigts. Il comprit aussitôt qu'elle n'avait pas envie d'en parler, sans très bien deviner pourquoi. Il préféra changer de sujet.

–Au fait, je voulais te le raconter depuis un moment : on a vu ces gens qui habitent dans la forêt.

–Quels gens ?

–Je t'en avais parlé. Ils vivent dans des cabanes. On est tombés sur eux la semaine dernière.

–Je ne les connais pas.

–Ils ont un potager, des chèvres et une grande fosse pour faire du feu. Tu les as forcément croisés si tu as randonné sur tous les sentiers de la forêt.

Il s'interrompit, puis ajouta :

–Tu sais, ça ne me dérange pas si tu les connais. Tu peux me le dire.

Elle se contenta de hausser les épaules.

–Sauf que je ne les connais pas. Je n'ai jamais vu de gens qui habitent dans la forêt.

–Eh bien, ils ont été très gentils avec nous.

Zack se tut. Il attendait, il s'en rendit soudain compte, qu'Ann dise quelque chose, qu'elle se trahisse. Il était de plus en plus persuadé qu'elle vivait avec ces gens et qu'elle n'osait pas, pour une raison mystérieuse, le lui avouer. Il le devinait à ses réponses vagues et évasives.

–Tu as dit que ton père viendrait te chercher si tu te perdais. Pourtant, il a été tué à la guerre, non ? lança-t-il.

Elle regarda une fois de plus ses mains.

–Oui… mais il m'a promis que si j'avais des ennuis un jour, il serait là, et je le crois.

Zack ne comprenait rien à ce qu'elle racontait.

–J'aimerais tellement avoir des frères et des sœurs, moi aussi, reprit-elle. C'est une des raisons qui font que j'adore autant *Faucons et Brigands*. Ces frères et sœurs qui vivent des aventures ensemble et s'entraident. Tu as de la chance.

–Ça nous arrive de nous disputer, tu sais, mais la plupart du temps ils sont gentils avec moi.

Il marqua un silence avant d'ajouter :

–Tiens, tu as encore employé le mot « chance », comme quand tu as dit que la Tour portait chance.

Elle sortit de la poche de son jean le morceau de papier sur lequel Zack avait recopié les lettres du médaillon.

–J'ai vraiment réfléchi, mais je n'ai pas réussi à saisir ce que ça voulait dire. J'ai juste l'impression que quelqu'un a mélangé les lettres.

–La seule partie compréhensible, c'est la phrase au centre : « Un sur neuf », dit-il. Enfin, les mots sont dans l'ordre, là, au moins. Et puis, il y a la plaque sur la cabane. « Neuf est un ».

Il s'apprêtait à aborder le sujet de la tombe d'Orland Wetherill, lorsque Ann se mit à parler avec enthousiasme :

–Tu es bon en multiplications ? lui demanda-t-elle. Je trouvais que la table de 9 était la plus compliquée, jusqu'à ce que notre maîtresse nous montre quelque chose qui m'a amusée. Quand tu multiplies 9 par 2, tu obtiens 18. Si ensuite tu additionnes les deux chiffres du résultat, 1 et 8, tu obtiens 9. Ça marche avec tous les résultats de la table de 9 : 3 fois 9, ça fait 27, et 2 plus 7 égale 9. Tu as compris ?

Zack n'avait jamais entendu parler de cette règle, et il eut envie d'en explorer toutes les possibilités. Avant, il prit le papier qu'Ann avait sorti de sa poche et l'observa un instant.

–Tu penses à quoi ? lui demanda-t-elle.

–Un sur neuf, dit-il. Neuf est un.

–Zack ! hurla quelqu'un au loin.

–Qui est-ce ? s'inquiéta Ann en écarquillant les yeux.

Il tendit l'oreille au moment où le cri se répétait.

–On dirait la voix de ma sœur Ruth…

Il était décontenancé.

–Je ne comprends pas, elle est partie avec les autres il y a environ une heure.

Il entendit à nouveau son prénom, cette fois dans la bouche d'Ethan, qui ajouta :

–Tu es où ?

–Ils ont l'air d'être assez loin, remarqua Ann.

–Pas tant que ça… Sans doute à la Tour.

Il se leva.

–Je ferais mieux d'y aller.

–Ah, d'accord. J'aurais aimé que tu restes plus longtemps.

–Je sais bien… Pourquoi tu ne m'accompagnes pas ? Je pourrais te les présenter.

Elle secoua aussitôt la tête.

–Je préfère rester ici.

–Ils sont très sympas. Et tu leur plairais beaucoup.

–Je vais rester ici. Tu pourras peut-être revenir ?

–Je ne sais pas… J'essaierai.

Ann se leva, sourit et lui tendit une main.

–Marché conclu !

Zack la lui serra.

–Si je ne te revois pas aujourd'hui, sois prudente sur le chemin du retour, d'accord ?

–Ne t'en fais pas. Tu as oublié ce que je t'ai expliqué pour mon père ?

Ces mots peinèrent Zack. Il avait l'impression qu'Ann cherchait à se convaincre qu'elle était en sécurité et n'avait besoin de personne, ce dont il doutait. Il ne lui en parla pas pour autant et lui dit simplement au revoir. Il remonta vers le sommet du promontoire, et se manifesta dès qu'il aperçut les autres devant la Tour.

Seize

COUP D'ŒIL À L'INTÉRIEUR

– Je croyais que vous étiez à Thornton Falls, lança Zack, quand il vit que Ruth et Ethan étaient non seulement accompagnés de Miriam, mais aussi de leurs parents.

C'était si inhabituel de voir tout le monde réuni à la Tour en pleine journée ! Il craignit aussitôt que quelque chose de grave ne soit arrivé.

– C'était notre intention, lui expliqua sa mère, sauf qu'Ethan avait oublié son permis de conduire, alors on est rentrés.

– Je leur ai dit que tu étais dehors, dit son père.

– Et on s'est fait du souci, poursuivit Ethan, quand papa nous a dit que tu étais sorti depuis plus d'une heure.

La respiration de Zack s'apaisa.

– Alors vous êtes tous venus me chercher ?

Il jeta un coup d'œil par-dessus son épaule et se demanda si Ann allait apparaître.

– Oui, Z, lui répondit Miriam avec tendresse. On voulait s'assurer que tu allais bien.

–Je ne suis plus un bébé…

–Personne ne le pense, protesta son père.

–Tout va bien, Zack, dit Ruth pour l'apaiser. Et puis, comme ça, maman et papa sont venus voir la Tour en plein jour.

Zack avait l'impression que quelque chose clochait, et pas seulement parce que sa mère, son frère et ses sœurs étaient rentrés plus tôt que prévu.

–D'accord, finit-il par lâcher. Je vais bien. J'explorais juste les environs.

Personne ne disait rien.

–Je vais rentrer avec vous, reprit-il.

–Eh bien, en fait, répliqua son père, avec ta mère nous avons demandé l'autorisation à l'association culturelle de jeter un coup d'œil à l'intérieur. C'est un peu pour ça qu'on est tous venus, en fait. J'avoue que j'ai pris un prétexte pour attirer ton frère et tes sœurs.

Il sortit une clé de sa poche.

–L'association nous a donné un double.

–On va entrer ? s'exclama Ethan. Tout de suite ?

Il échangea un regard émerveillé avec le reste de la fratrie.

–Qu'est-ce que tu en penses, Deb ? C'est le bon moment ou pas ?

–Et pourquoi pas ? Allons-y.

–Je croyais que tu avais des tas de choses à faire à Thornton Falls, plaisanta-t-il.

–Papa ! s'indigna Miriam. Ça suffit !

–Elle a raison, dit Deborah avec un sourire.

Morton la regarda d'un air faussement déçu par sa trahison.

– Puisque vous êtes tous contre moi… soupira-t-il.

– Vous rêvez de devenir le père de l'année ? lança Ruth. Ou comment faire croire à vos enfants que c'est tous les jours Hanoukka avec vous.

– Là, Ruth, tu as fait fort ! s'esclaffa-t-il.

Tous les autres, y compris Zack, étaient hilares. Morton glissa la clé dans la serrure. Ethan trépignait :

– J'ai hâte de voir à quoi ça ressemble à l'intérieur.

– Ça alors, c'est étrange, dit leur père qui venait de se figer, l'air surpris. La porte est déjà ouverte. Je l'ai sentie bouger alors que je n'ai pas encore mis la clé dans la serrure.

– Ou les membres de l'association ont oublié de la fermer, suggéra Ethan.

– Sans doute, confirma leur père. C'est quand même bizarre de penser qu'elle était ouverte tout ce temps. On n'avait même pas besoin de ça, ajouta-t-il en brandissant la clé.

Miriam s'impatientait.

– On peut entrer, en tout cas !

Un instant plus tard, ils étaient tous les six dans la Tour et admiraient le sol de marbre, les visages sculptés tout autour de la balustrade, les vitres verdâtres au premier niveau, les motifs délicats sur les rambardes et la courbe gracieuse de la coupole au-dessus de leurs têtes. Zack vit qu'ils étaient aussi subjugués que lui lors de sa première visite avec Ann. Pendant un long moment – plus long qu'il ne l'aurait imaginé –, personne ne dit un seul mot. Ils se contentèrent d'observer, dans un silence ébahi, le moindre recoin de la Tour, baignée par la lumière émeraude. Lorsqu'ils finirent par parler de nouveau, ce fut en murmurant, et leurs voix résonnèrent tout bas dans l'immense rotonde.

– C'est incroyable, dit leur père. Plus qu'incroyable.

– Oui, c'est fantastique, dit leur mère, qui étudiait le sol aussi attentivement que si elle réfléchissait déjà à sa rénovation.

– Les gens de cette association culturelle ont fait un travail remarquable, ici, approuva leur père. À la réflexion, si le toit est solide et qu'il n'y a aucune fuite d'eau, je ne vois pas pourquoi on courrait le moindre risque.

Il examina les fenêtres bouchées.

– Aucun danger de ce côté-là non plus. Tout m'a l'air en ordre.

– Maman, papa… Il faut qu'on essaie de la rendre accessible au public, intervint Miriam. Cet endroit est trop génial pour rester fermé. Vous pourriez en parler à l'association ?

– Il y aurait quelques détails juridiques à régler d'abord, lui répondit leur père, mais ce n'est peut-être pas impossible. Ce lieu est effectivement à part.

– Regardez, lança Ethan, qui avait trouvé l'escalier. Ça mène au premier.

Ruth en profita pour se faufiler près de Zack.

– C'est comme dans ton souvenir ?

Il hocha la tête avec vigueur.

– Exactement.

Elle lui prit la main et l'entraîna au premier, à la suite des autres.

Après dix minutes supplémentaires d'exploration, les six Einstein s'installèrent pour étudier le médaillon. Ils s'étaient postés au même endroit que Zack et Ann.

–Ça correspond à ce que j'avais trouvé en ligne, dit Miriam en répétant tout ce qu'elle avait appris à son propos.

–Vous vous rappelez ce que les Bigelow nous ont dit sur les légendes qui entourent ce lieu ? ajouta Ethan. Ce médaillon y joue forcément un rôle.

–Il faudrait recopier les lettres qui sont dessus, suggéra leur mère.

–Bonne idée, approuva Ruth en regardant Zack à la dérobée. Ça tombe bien, j'ai mon journal sur moi. Je m'en occupe.

–Avant ça, est-ce qu'on pourrait prendre un moment tous ensemble ? demanda leur père.

Ils se tournèrent tous vers lui. Le silence s'était de nouveau abattu sur la Tour. Zack eut l'impression de sentir la caresse discrète d'une brise sur son visage, exactement comme lors de l'une de ses visites précédentes avec Ann. Elle était si légère, si brève, qu'il crut avoir rêvé.

–À quoi penses-tu, Morton ?

Deborah avait à peine prononcé ces mots que la réponse sembla s'imposer à elle. Elle hocha la tête et se retourna. Elle parut chercher à voir si la porte était ouverte. Avait-elle, elle aussi, senti le petit courant d'air ? Zack eut la certitude que oui, sans avoir besoin de poser la question. Et que son frère et ses sœurs l'avaient également perçu. Les six membres de la famille Einstein avaient ainsi eu, presque au même instant, la même sensation.

–Vous aussi ? demanda Ethan.

–Moi aussi, murmura Miriam.

–Moi aussi, ajouta Ruth.

–Et si on disait quelques mots pour Susan ? suggéra leur père, en plaçant une main sur sa joue, afin, semblait-il, de retenir la caresse de cette brise.

–Tu lis dans mes pensées, chuchota leur mère.

Un long silence suivit ; ils échangeaient des regards, pour savoir qui parlerait en premier, ou pour comprendre de quel recoin mystérieux de la Tour provenait ce souffle de vent à présent retombé. Ce fut Ruth qui se décida en premier.

–Susan... Susan, j'aurais tellement aimé que tu sois là, avec nous, pour voir ce si bel endroit. On t'aime.

–Tu me manques, Susan, ajouta Miriam. Tous les jours. Tous les jours, je pense à toi.

–Moi aussi, poursuivit Ethan. Tes petits câlins me manquent, et toutes les choses adorables que tu disais. Je donnerais n'importe quoi pour que tu reviennes.

Leur mère baissa la tête et pressa une main contre son front. Zack crut qu'elle allait se mettre à pleurer.

–« Aie pitié d'elle et offre-lui un refuge à l'ombre de tes ailes », susurra-t-elle, récitant le passage d'une prière que Zack avait déjà entendue. J'aimais notre petite fille plus que tout, ajouta-t-elle en redressant la tête. Je ne connais pas vraiment le reste de la prière, mais ces mots m'ont toujours touchée. Je suis sûre qu'ils auraient aussi plu à Susan.

Leur père leva les yeux vers le médaillon, puis les laissa redescendre vers le sol du rez-de-chaussée.

– Nous t'aimons, Susan. Nous ne t'oublierons jamais, jamais.

Il regarda tous les membres de la famille, avant de se frapper deux fois la poitrine.

– Ici, dit-il. Elle restera toujours ici.

Tout le monde patienta en silence, pour offrir à Zack l'opportunité de prendre la parole s'il le souhaitait.

– Peut-être que si on restaure cette Tour et qu'on récite l'incantation, tout ira bien. Tout. Comme avant.

Il avait parlé vite, sans reprendre son souffle. Il laissa son regard glisser sur les membres de sa famille lui aussi. Personne ne dit rien. Il jeta alors un coup d'œil par la petite vitre à côté de lui – il avait reculé d'un pas et était le seul à pouvoir apercevoir l'extérieur. Il remarqua Ann, qui traversait rapidement le pré au pied de la Tour. Elle s'engouffra dans la forêt.

– Tu as vu quelque chose ? lui demanda sa mère.

Il pointa le doigt vers la fenêtre.

– J'ai croisé une fille qui vit dans le coin. Elle vient de passer près de la Tour.

Ruth se précipita près de lui. Elle se retourna aussitôt vers les autres en haussant les épaules. Miriam lui succéda à la fenêtre.

– Il n'y a rien, Z.

– Elle vient juste de passer, insista-t-il. Elle s'appelle Ann. Elle est entrée dans la forêt, avec les arbres vous ne pouvez plus la voir.

– C'est une fille dont tu as fait la connaissance ? voulut savoir son père. Elle habite dans le coin ?

– De l'autre côté de la forêt.

Il se tourna vers son frère et ses sœurs. Une part de lui aurait aimé qu'ils confirment que Zack leur en avait déjà parlé – il avait l'impression, au fond de lui, que ce serait une preuve suffisante pour ses parents. Une autre part de lui, toutefois, espérait qu'ils tiendraient parole et ne diraient rien.

– Elle vit avec sa mère, précisa-t-il. Son père était parti faire la guerre.

– La guerre ? s'étonna sa mère en fronçant les sourcils.

Après avoir échangé un regard avec Morton, elle reprit :

– Comment tu l'as rencontrée ?

– Je l'ai croisée dans le pré, un jour. Elle se promenait. Elle vit ici depuis qu'elle est petite, sa mère la laisse se balader toute seule.

– Et quel âge a-t-elle ? lui demanda son père. Tu comprends qu'on te pose des questions, Zack ? C'est la première fois que tu mentionnes cette fille.

– Elle a 9 ans, répondit-il. Et elle ressemble un peu à Susan.

Il aurait voulu ajouter quelque chose, préciser un détail qui aurait dissipé tout malentendu, qui les aurait tous convaincus de ce qu'il leur expliquait : il avait rencontré une fille très autonome pour son âge, qui connaissait bien la forêt. Il ne pouvait pas tout leur raconter, bien sûr, leur parler de leurs visites précédentes dans la Tour, de la grotte qu'Ann lui avait fait découvrir, du cercle d'arbres et de la cabane d'Orland Wetherill, de leur pacte pour tenter de résoudre ensemble le mystère du médaillon. Il avait pourtant l'impression de leur en avoir suffisamment dit pour les persuader.

L'expression de son père suggérait cependant le contraire.

– Zack, il faut que je te pose une question, et je veux que tu me dises la vérité. Tu as rencontré une fille qui vit dans le coin, tu ne sais pas exactement où, qui est du même âge que Susan et qui lui ressemble. J'ai bien compris ? Et personne d'autre ne l'a rencontrée ?

Le ventre de Zack se serra aussitôt.

– Tu penses que j'invente.

Sa voix ne contenait aucune interrogation. Il était résigné à ne pas être cru.

– Ton père n'a pas dit ça, intervint sa mère. On essaie juste d'en apprendre un peu plus sur ton amie.

Zack soupira et se tourna à nouveau vers la fenêtre. Il scruta la portion de la forêt où Ann avait disparu. Une pensée lui traversa soudain l'esprit, comme une étincelle dans une nuit noire.

– Sa mère travaille dans un restaurant au bord de la voie rapide, lança-t-il à son père.

Il était persuadé que cette fois tout le monde le croirait. Comment aurait-il pu inventer un détail pareil ?

– Le Relais, précisa-t-il. Elle est serveuse là-bas.

– Zack, reprit son père d'une voix si douce, si calme et si triste qu'il craignit la suite. Ta mère et moi... Enfin, nous tous, nous avons emprunté cette route un assez grand nombre de fois pour bien la connaître.

Après une hésitation, il ajouta :

– Il n'y a aucun restaurant qui s'appelle Le Relais.

Zack fut pris d'un vertige. Il se soutint à la rambarde.

– Je suis navré, lui dit son père. C'est la vérité. Tu pourras le vérifier facilement. Je sais que ce n'est pas simple à entendre, mais j'aimerais que tu prennes le temps de réfléchir à ce que je vais te dire maintenant. Je ne vois que deux explications possibles. Soit Ann s'arrange un peu avec la réalité, soit, peut-être, je dis bien peut-être, ton amie est ce genre d'amie que tu avais quand tu étais petit.

Il hésita de nouveau.

– Je crois que tu as compris où je voulais en venir.

Zack continuait à se tenir à la rambarde. Il ne regarda pas son père.

– Elle existe vraiment. Je le sais. Je sais ce que vous pensez tous, mais elle existe.

Au bout de quelques secondes, Miriam s'éloigna vers l'escalier.

– Il vaudrait mieux qu'on y aille, maman. J'ai toujours besoin de nouvelles baskets, tu sais.

Elle descendit les marches d'un pas lourd. Les autres la suivirent, et Zack resta seul un instant. Il sortit de la Tour en dernier. Juste avant que son père ne ferme à clé, il leva une dernière fois les yeux vers le médaillon tout en haut, et se remémora ce qu'Ann lui avait dit dans la grotte, au sujet de la table de 9.

Un sur neuf… Il était pourtant si perturbé par ce qui s'était passé qu'il en venait à douter que le mystère du médaillon puisse être un jour résolu.

Dix-sept

LES LUMIÈRES, LE RETOUR

Le lendemain soir, après le coucher du soleil, les quatre enfants Einstein étaient de retour sur les marches de la Tour pour admirer le ciel nocturne. Zack n'avait pas adressé la parole à son père de toute la journée, et il n'avait pas non plus évoqué Ann avec son frère et ses sœurs. Il était resté dans son coin, mais quand Ethan lui avait proposé de venir contempler les constellations avec eux, il avait décidé d'accepter.

– Et là, c'est laquelle ? demanda Ruth, qui reprenait avec plaisir le rôle de l'élève.

– Le Lion, lui répondit Ethan. Pour trouver cette constellation, le plus simple, c'est de tracer une ligne imaginaire à partir des deux étoiles qui forment le haut de la casserole dans la Grande Ourse, et on arrive à celles qui dessinent une sorte de point d'interrogation à l'envers.

– Je ne vois pas du tout de lion, moi, dit Miriam.

–Utilise un peu ton imagination, lui rétorqua-t-il. Le corps du lion est en quelque sorte dans le prolongement des étoiles que je viens de vous montrer.

–Toujours pas. Je ne sais pas… Ça demande peut-être trop d'imagination.

–On parle d'étoiles ! s'agaça Ruth. Évidemment que ça en demande !

–Si tu rejoins les scouts, Z, tu pourras camper avec moi l'été prochain, lui dit Ethan. C'est là-bas que j'ai appris tout ça.

Zack savait que les scouts manquaient à son frère, mais qu'il était trop occupé à trouver ses marques à Vista Point et à aider ses parents dans la maison pour avoir le temps de s'y investir. Il avait décidé d'attendre la rentrée pour s'intégrer dans un nouveau groupe. Et il avait mentionné plusieurs fois son souhait de voir son petit frère se joindre à lui.

–Je le ferai peut-être, répondit Zack.

Depuis des années, il observait Ethan, qui gravissait les échelons des scouts et apprenait à se débrouiller dans la nature à l'occasion de randonnées ou de sorties en camping. Zack avait très envie de suivre les traces de son frère aîné. Ça lui avait toujours paru le moyen parfait de donner vie aux aventures qu'il lisait dans ses romans.

–Peut-être ? réagit Miriam. Je croyais que tu étais impatient de devenir scout.

Zack ne répondit rien et même si, dans le noir, il ne pouvait pas voir les visages des autres, il sentit bien que Ruth intimait à sa grande sœur, d'un regard, de changer de sujet.

Ethan passa son poing serré sur la plaque de contreplaqué qui bouchait la fenêtre la plus proche d'eux.

–Vous vous rendez compte que maman et papa envisagent de rouvrir ce lieu au public ? Ce serait incroyable, non ?

À la suite de la visite familiale, la veille, leurs parents les avaient informés qu'ils avaient décidé de se renseigner, auprès de l'association culturelle, sur la possibilité de faire l'acquisition de la Tour et d'entreprendre quelques travaux de restauration.

–Sincèrement, l'endroit est en bien meilleur état que je ne le supposais de l'extérieur, leur avait dit leur père à table. Les membres de l'association avec lesquels nous avons discuté nous ont dit qu'ils étaient prêts à nous céder la propriété de la Tour si on s'engageait à l'entretenir. On a l'intention de réfléchir sérieusement à leur proposition, mais, quoi qu'il en soit, je pense qu'on devrait essayer de faire les réparations nécessaires pour l'ouvrir au public à la fin des grandes vacances. L'association nous y a autorisés, elle est même d'accord pour financer une partie des matériaux.

–Les fenêtres sont la priorité, avait ajouté leur mère, et l'entreprise que nous avons engagée pour nos travaux est tout à fait capable de s'en occuper, ce qui simplifie les choses.

–Et on pourrait vous donner un coup de main pour l'intérieur, avait aussitôt proposé Miriam, qui en avait discuté avec les autres.

–Je crois qu'il suffirait d'une inspection officielle pour obtenir l'autorisation, avait repris leur père. Il faudra aussi remettre l'eau, nettoyer la route et le parking. Avec votre aide à tous, ça paraît jouable.

À présent, les quatre enfants se trouvaient au pied de la Tour ; la nuit de la mi-juillet était d'un noir d'encre, et ils réfléchissaient tous à ce qu'Ethan venait de leur dire.

– Vous imaginez comme ce serait chouette d'avoir sans arrêt des touristes ici ? lança Ruth. Ils seraient sans doute tentés de prendre des renseignements sur nos chambres d'hôtes au passage, ce serait génial pour les affaires.

Elle se racla la gorge avant de poursuivre :

– « Les Einstein n'auraient jamais osé espérer que leur humble petite auberge accueillerait un jour la conférence internationale de poésie la plus renommée au monde, et pourtant c'était exactement ce que... »

– Tu perds complètement la boule ! s'esclaffa Miriam.

– J'en déduis que ce qu'a dit Horatio ne les inquiète plus, intervint Ethan. S'ils envisagent de devenir les propriétaires de la Tour, c'est bien qu'il n'y a aucun obstacle légal à ce qu'ils ouvrent les chambres d'hôtes, non ?

Zack s'était posé exactement la même question dans la journée, et les conclusions d'Ethan lui paraissaient logiques.

– Je crois qu'Ethan a raison, dit-il.

– Et toi, Z, qu'est-ce que tu en dis ? lui demanda son grand frère.

Zack était occupé à scruter le ciel pour tenter d'identifier quelques-unes des constellations qu'Ethan leur avait montrées, tout en suivant la conversation.

– Je m'interroge sur ce type, Horatio, dit-il.

Il ne savait pas très bien quoi en penser. L'homme avait été intimidant le matin où il avait sermonné les Einstein avec agressivité, mais il avait eu une vie si triste – il avait quand même perdu sa femme et sa fille… Zack avait de la peine pour lui.

– Je ne veux pas qu'il nous cause des ennuis, bien sûr, seulement… J'aimerais bien trouver le moyen d'apaiser sa colère.

Personne n'ouvrit la bouche pendant plusieurs secondes.

– Tu es vraiment quelqu'un de bien, Z, finit par lâcher Miriam.

– J'ai pensé à autre chose. Je me suis dit qu'on pourrait utiliser la Tour comme espace d'exposition.

Il avait emprunté cette idée à sa série *Faucons et Brigands*. Les héros y organisaient une exposition pour montrer leurs œuvres. Il fallait bien reconnaître aussi que Zack avait souvent repensé aux banderoles qu'il avait découvertes dans le campement en pleine forêt. Les formes tourbillonnantes et les motifs complexes l'avaient fasciné. L'idée de les présenter à un public plus large, de transformer la Tour en lieu qui accueillerait les artistes de la région avait fait, petit à petit, son chemin dans son esprit. D'autant qu'elle séduirait ses parents, il en était certain.

– C'est un super projet ! s'enthousiasma Ruth. On pourrait créer une retraite pour artistes ! Ça s'appelle comme ça, je crois.

– Ça me plaît bien aussi, dit Miriam. Surtout qu'il y a beaucoup d'artistes et d'artisans dans le coin. Je suis sûre que maman et papa seraient partants.

–J'ai eu l'idée après avoir vu les banderoles du campement dans la forêt, expliqua Zack.

–« Ruth Einstein fut enchantée d'être nommée directrice de la retraite pour artistes et écrivains dans la célèbre Tour de Vista Point. »

–L'air nocturne te monte au cerveau, Ruth, ironisa Ethan.

–Hé ! s'écria soudain Miriam, d'un ton qui tranchait avec celui, plus léger, de leurs conversations.

Elle se leva d'un bond, semblant mue par la panique.

–Regardez ! leur dit-elle.

–La lumière ! comprit aussitôt Ruth.

Les quatre enfants Einstein focalisèrent instantanément leur attention sur le puissant faisceau lumineux qui clignotait sur la rive nord du fleuve. Exactement comme quelques semaines plus tôt.

–Attendez !

Ethan chercha dans sa poche la lampe torche qu'il avait pensé à emporter. Ruth était prête elle aussi. Elle dégaina son journal et un stylo. Miriam ne fut pas en reste : elle prit la lampe des mains de son grand frère pour éclairer la page de sa petite sœur. Ils avaient mis au point ce plan trois semaines plus tôt, et n'avaient jamais oublié de venir équipés à la Tour lors de leurs visites suivantes. Ainsi, ils allaient pouvoir tout noter !

–On a raté les premiers signaux, dit Ethan, mais écrivons la suite. Je vous rappelle le principe : un flash rapide pour un point, un flash long pour un trait. Une interruption entre deux flashs représente un espace entre deux lettres. Une interruption plus longue, un espace entre deux mots.

Il se posta face au faisceau lumineux, flanqué de Zack, et répéta ce qu'il voyait. Ruth nota tout scrupuleusement.

–Point, trait, trait, point. Espace. Trait, trait, trait. Espace. Trait, point. Espace. Trait. Espace long. C'est la fin d'un mot.

Ethan continua à énoncer les signaux. Cela dura un peu moins de trois minutes, puis la nuit redevint parfaitement noire.

–Hé, lança Miriam alors qu'ils guettaient un nouveau flash. Je me suis rendu compte de quelque chose. Il est 22 heures, un samedi soir. Pile comme la dernière fois. Même jour, même heure.

–Tu as raison, approuva Ethan. Ils doivent suivre une règle.

–On était au ciné un des samedis, intervint Ruth, et on n'est pas venus samedi dernier. Autrement dit, c'est seulement la seconde fois qu'on est ici un samedi soir…

Elle alla se rasseoir sur les marches de la Tour, et fit signe aux autres d'approcher.

–Le message se répète, dit Zack en fixant les traits et les points sur la page de notes.

Il ne connaissait rien au morse, mais la redite d'une partie des symboles lui avait sauté aux yeux.

–Juste là.

Il indiqua l'endroit où il était clair que les symboles inscrits en haut de la page étaient reproduits à l'identique.

–J'imagine que la personne qui a envoyé les signaux lumineux a répété son message plusieurs fois, au cas où, dit Miriam. Comment tu l'as remarqué, Zack ?

–Je ne sais pas. Ça m’est apparu comme une évidence.

Ruth isola les symboles qui constituaient le message en les encadrant.

–Voilà ce que ça donne dit-elle.

- •-• •- •••- • •-• ••• • / •-•• • / •--• --- -• - / ••• • •--• -
•• • -- •/ -- •- •• ••• --- -• / •- / --• •- ••- -•-• •••• •

–J’ai mis une barre oblique pour séparer les mots, précisa-t-elle.

–Sept mots, compta Ethan. Le message contient sept mots.

–C’est une bonne technique, approuva Ruth.

À la mention de ce mot, « technique », Zack sentit une décharge électrique le parcourir.

–Le morse, c’est incroyable, renchérit Ethan. Si seulement j’avais pensé à emporter ma grille pour le déchiffrer. Elle est dans mon manuel des scouts, à la maison.

Miriam se leva aussitôt.

–Dans ce cas, qu’est-ce qu’on attend ? Il faut rentrer vite fait pour décrypter ce que ça raconte. Venez !

Elle s’élança dans le noir. Avant que Zack n’ait eu le temps de dire ouf, Ethan et Ruth lui emboîtaient le pas en direction des fenêtres éclairées du manoir.

Le mot « technique » continuait à résonner dans le crâne de Zack. Tout en courant, il comprit soudain pourquoi ça lui rappelait quelque chose: « Mon père m’a appris une technique », avait dit Ann.

Les quatre enfants Einstein faillirent casser la porte de la cuisine, tant ils entrèrent en trombe chez eux. Leurs parents étaient tranquillement installés pour lire dans le salon.

– On a revu la lumière ! cria Ruth.

Ethan montait déjà les marches quatre à quatre pour aller chercher son manuel dans sa chambre. Les autres se réunirent autour de la table, prêts à percer le mystère des signaux lumineux.

Dix-huit

LA MAISON DE L'AUTRE CÔTÉ DU FLEUVE

– « Traverse le pont septième maison à gauche », répéta Deborah.

Il leur avait fallu plusieurs minutes pour décrypter le message. Ils avaient un peu tâtonné à cause de quelques menues erreurs dans la retranscription. « J'ai écrit exactement ce que tu m'as dit », avait protesté Ruth lorsque Ethan avait suggéré qu'il pouvait y avoir une erreur. Ils y étaient néanmoins parvenus grâce à la grille d'Ethan.

A .-	J .---	S ...
B -...	K -.-	T -
C -.-.	L .-..	U ..-
D -..	M --	V ...-
E .	N -.	W .--
F ..-.	O ---	X -..-
G --.	P .--.	Y -.--
H	Q --.-	Z --..
I ..	R .-.	

Une fois qu'ils eurent fini de s'arracher les cheveux, le message leur apparut dans toute sa simplicité : « Traverse le pont septième maison à gauche. »

Aucun d'eux n'était sûr de bien le comprendre, même s'il était apparemment question de traverser le grand fleuve, puis de tourner, sur la gauche, vers l'ouest donc, et de chercher, sur la route parallèle au cours d'eau, la septième maison, afin de trouver la source des signaux lumineux. Voilà pourquoi, après une bonne nuit de sommeil, les six membres de la famille Einstein étaient entassés dans leur voiture et filaient sur le pont qui enjambait le grand fleuve.

Ils avaient attendu 11 heures pour partir. « On est quand même dimanche », avait argué Morton. C'était une belle journée, déjà chaude, l'eau du fleuve était presque aussi bleue que le ciel, et la forêt qui occupait les pentes abruptes des deux rives semblait inquiétante. En se retournant, Zack aperçut, par la lunette arrière, la Tour qui se dressait sur le promontoire, telle la fortification isolée d'un château. Elle paraissait nue dans l'immensité azur du ciel, et il mesura combien elle était haute au-dessus de l'eau. Il imagina Ann juchée sur ses marches, peut-être à cet instant précis d'ailleurs, observant la voiture dans laquelle il était assis, et qui s'éloignait sans un bruit vers la rive opposée. Avant qu'elle ne s'engage sur le pont, il avait cherché, sur la voie rapide, Le Relais.

– « Traverse le pont septième maison à gauche », répéta leur mère au moment où ils franchissaient le fleuve.

– Cette histoire est très mystérieuse, remarqua leur père.

– Je me demande bien sur quoi nous allons tomber, reprit Deborah.

C'était, mot pour mot, ce que Zack venait de se dire, et il était certain que tout le monde dans la voiture se faisait le même genre de réflexion.

– Est-ce que vous pensez toujours pouvoir ouvrir les chambres d'hôtes à la fin de l'été ? lança Miriam.

– Pourquoi poses-tu cette question maintenant ? s'étonna leur père.

Ethan vola au secours de sa sœur :

– Hier soir, quand on était à la Tour, on s'est mis à reparler de cet homme qui est venu frapper chez nous un jour, et qui avait l'intention de nous en empêcher.

– Vous n'avez presque jamais abordé le sujet depuis, se demanda Ruth. Alors, on s'interroge.

Leurs parents échangèrent un regard dans un silence gêné.

– J'en déduis qu'il y a toujours un problème, insista Miriam.

– Qu'est-ce qui te fait dire ça ? répliqua sa mère.

– Quand vous vous regardez, papa et toi, ça signifie que vous nous cachez quelque chose…

– Mir, intervint leur père d'un ton légèrement las, on s'en occupe, d'accord ? Il y a peut-être un petit couac, une vieille loi que ce Horatio a déterrée. Tout le monde l'avait oubliée et sans lui elle ne serait jamais revenue sur le tapis. Je suis toutefois confiant ; il s'agit d'un tout petit obstacle sur notre route, et il sera bientôt derrière nous.

– D'ici quelques années, ajouta leur mère, lorsque nous aurons les meilleures chambres d'hôtes le long du fleuve, on ne se souviendra même plus de cette anicroche.

– Zack a eu une super idée, enchaîna Ethan. On pourrait exposer les œuvres d'artistes de la région dans la Tour.

Leurs parents échangèrent un nouveau regard, et ce fut leur mère qui répondit.

– C'est une idée intéressante, oui. Elle me plaît, conclut-elle en arquant un sourcil.

– À moi aussi, approuva leur père. Cela rendrait l'endroit encore plus attractif. Et cela renforcerait nos liens avec les habitants du coin.

– Ces gens qui vivent dans la forêt ont de magnifiques drapeaux dans leur campement, dit Miriam.

– Pas des drapeaux, la reprit Ruth. Les drapeaux, c'est pour les pays. On parle plutôt de banderoles.

– Oh, mais vous m'avez comprise ! Bref, je suis sûre que beaucoup de personnes seraient contentes de voir leur travail artistique.

– Tout va bien, Zack ? lui demanda son père en lui jetant un coup d'œil dans le rétroviseur.

S'il était heureux d'entendre que son idée était aussi bien accueillie, il n'avait pas du tout la tête à la possibilité de faire de la Tour un lieu d'exposition. Il était beaucoup trop impatient de découvrir où l'énigme du message en morse allait les conduire. Et il était également obnubilé par Ann, qui lui avait souvent parlé de la force d'attraction qu'exerçait la Tour sur elle – et qui avait mentionné le système de communication inventé par son père. Il avait le pressentiment que tout était lié, sans parvenir à comprendre comment.

– Je me demande juste ce qui nous attend à la septième maison, dit-il.

–Comme nous tous, lui répondit son père. C'est bien une des rares certitudes que je possède, d'ailleurs.

La voiture atteignit l'extrémité du pont et quitta la voie rapide. Ils rejoignirent sans tarder une intersection. Morton prit à gauche, vers l'ouest, sur une petite route qui s'enfonçait dans la forêt épaisse.

–Allez, on ouvre tous l'œil, dit-il. Je suppose qu'il suffit de compter le nombre de maisons ou de voies privées qu'on croisera sur notre chemin.

La route qui longeait le fleuve sur cette rive était beaucoup plus étroite et beaucoup moins fréquentée que la voie rapide de l'autre côté, et ils n'eurent donc pas à s'inquiéter de gêner d'autres automobilistes – ils roulaient lentement pour ne rater aucune habitation.

–La première maison est là, dit Ethan, qui avait repéré un chemin de terre entre les conifères.

–J'ai l'impression qu'il n'y a pas d'embranchement sur cette route, observa leur mère. Ça devrait nous faciliter la tâche.

–Surtout que les maisons ne sont pas collées, ajouta Ruth.

–Et de deux ! dit Miriam.

Il leur fallut cinq minutes, avec la collaboration de tout le monde, pour atteindre la septième voie privée.

–On dirait bien que nous sommes arrivés, déclara leur père en scrutant le chemin plein d'ornières et bordé de conifères. La septième.

Zack se tourna vers le côté opposé: la Tour, à peine visible à travers l'entrelacs de branches, semblait minuscule sur le promontoire. Elle se trouvait pile en face de l'entrée du chemin.

La voiture s'était arrêtée, mais on ne pouvait rien voir avec tous ces arbres. Leur père s'engagea donc sur la voie privée. Il prit deux virages, et une cabane en rondins surgit devant eux au moment où trois immenses bergers allemands accouraient vers le véhicule en aboyant. Ils remontèrent aussitôt les vitres.

La cabane, qui possédait une cheminée en pierre penchée ainsi qu'un toit métallique très pentu et cabossé – il avait sans doute été heurté par des chutes de branches –, paraissait très ancienne. De la mousse s'y accrochait par endroits, et on pouvait également déceler des traces d'humidité près de ses fondations. Mais l'impression de délabrement provenait aussi du désordre qui l'entourait: du bois en décomposition, deux tondeuses à gazon rouillées, un canapé aux ressorts apparents, des chaises et des bibliothèques cassées, un petit monticule de canettes et de bouteilles. Une bonbonne de gaz sale se trouvait sur l'un des côtés, accompagnée de toute une panoplie de tuyaux. Une sorte de remise se dressait au fond, à la lisière de la forêt, qui semblait particulièrement épaisse et sombre.

–Cet endroit est affreux, dit Miriam.

–Je pense que ces chiens ne nous laisseront pas vraiment l'occasion de le visiter de plus près, lui rétorqua leur père. Mais oui, je te l'accorde, c'est loin d'être douillet.

–On s'est peut-être trompés, ajouta leur mère.

–Non, c'est bien la septième maison, répondit Ethan. Même si j'aurais préféré qu'on ait fait une erreur.

Il se tut, car les molosses sautaient sur la voiture en aboyant férocement.

– On devrait peut-être faire demi-tour, papa, suggéra-t-il.

– « Le tueur fou avait réussi à attirer la famille Einstein dans ses griffes et… »

– Ce n'est vraiment pas le moment, Ruth, l'interrompit sa mère. Ça ne nous fait pas rire.

Elle posa une main sur l'épaule de son mari.

– On devrait peut-être renoncer, ça ne me dit rien qui vaille.

– Regardez ! s'écria Zack. Quelqu'un sort !

Ils se tournèrent tous vers la porte de la cabane, et la surprise générale fut démultipliée lorsque tous les Einstein se rendirent compte qu'ils connaissaient l'occupant de ces lieux : Horatio Cuvallo.

– C'est une blague ? lâcha Morton. Lui ? Ici ?

– Papa, allons-y, dit Ruth. Il faut qu'on parte tout de suite.

Horatio hurla des paroles incompréhensibles dans leur direction, en faisant de grands gestes des deux mains. Il avait la mine renfrognée. Il ne portait qu'un tee-shirt blanc et un jean avec des bretelles. Zack avait l'impression qu'ils l'avaient tiré d'une sieste.

Impossible de saisir ce qu'il disait. Il était trop loin, les vitres étaient fermées, les chiens faisaient plus de bruit que jamais… Soudain, Horatio donna un ordre, et les trois bergers allemands délaissèrent la voiture pour rejoindre leur maître.

– Au moins, il a rappelé ses chiens, souligna Miriam.

Sans s'éloigner de la cabane, Horatio observa la famille Einstein en plissant les yeux, avant de relever le menton, comme s'il avait reconnu ses visiteurs.

– Qu'est-ce que vous voulez ? vociféra-t-il. Qu'est-ce que vous faites ici ?

Morton baissa complètement sa vitre.

– Bonjour, monsieur Cuvallo.

– Bien joué, papa, le félicita Miriam, et maintenant, on repart.

– Arrête, Miriam ! lui souffla Ethan.

– Qu'est-ce que vous voulez ? répéta Horatio, plus fort cette fois-ci, et d'une voix plus rauque. Vous êtes ici chez moi, et c'est une propriété privée.

– Nos enfants ont aperçu des signaux lumineux hier soir, alors qu'ils se trouvaient sur le promontoire près de chez nous, expliqua Morton.

Zack se rendit compte du bruit que faisait la voiture à cause du moteur qui tournait au ralenti. Une vibration berçante, qui lui rappela ce qu'il ressentait parfois à la Tour. Il était fébrile, impatient de savoir ce qu'il allait arriver. La cabane était en si piètre état que Zack se sentit coupable. Les Bigelow vivaient aussi dans une maisonnette un peu originale, mais elle était accueillante. Ici, on percevait la tristesse des lieux, et Zack regretta soudain que son père n'ait pas déjà rebroussé chemin. Il glissa une main dans sa poche pour caresser la pointe de flèche qu'il emportait partout avec lui.

La perplexité de Horatio se lut sur ses traits. Cette explication était la dernière chose à laquelle il s'était attendu.

– Et quel rapport avec moi ? demanda-t-il en se ressaisissant.

Il avait retrouvé son expression de colère, même si son ton était un peu moins agressif.

– Ils ont compris que ces signaux étaient du morse, poursuivit Morton. Le message nous invitait à venir ici, à la septième maison à gauche après avoir traversé le pont. Alors, nous voilà. Et nous sommes aussi surpris que vous. Bien sûr, nous nous interrogeons sur la raison pour laquelle vous avez envoyé ce message, et sur sa signification.

Une fois encore, Horatio parut déstabilisé par ce qu'il entendait. Il leva le bras en direction de ses bergers allemands, semblant vouloir les frapper ou les chasser. Il semblait évident aux yeux de Zack qu'il ne voulait pas s'expliquer.

– Je n'ai pas la moindre idée de ce que vous racontez, et je vous demande de quitter ma propriété. Immédiatement.

– Pourquoi avez-vous envoyé ces signaux ? lui cria Miriam. On les avait déjà vus il y a trois semaines !

– Miriam ! s'emporta leur mère. Arrête !

Le regard de Horatio se fit soudain moqueur, comme s'il prenait plaisir à regarder les Einstein perdre leur sang-froid.

– C'est tout de même très surprenant, s'époumona Morton, qui refusait de renoncer aussi facilement. Quelqu'un a envoyé ces signaux d'un endroit tout près d'ici, et le message disait de s'y rendre. Il se trame quelque chose, aucun doute sur ce point.

– Je ne comprends pas où vous voulez en venir ! riposta Horatio. À votre place, je me préoccuperais de ma petite entreprise au lieu de déranger de braves gens chez eux le dimanche matin.

– Il n'y a aucun panneau sur le chemin, commenta Ethan, si bas que seuls les membres de sa famille purent l'entendre.

– Monsieur Cuvallo, reprit Morton, nous savons que la vie n'a pas toujours été tendre avec vous, mais ce n'est vraiment pas une raison pour passer vos nerfs sur nous. Nous ne cherchons pas à faire la guerre.

– Vous me l'avez déclarée à la seconde où vous avez posé les pieds sur ma propriété! Et vous allez continuer à me la faire, parce que les autorités vont vous empêcher d'ouvrir votre petite affaire.

Il pointa un doigt vers la route.

– Et maintenant, partez.

– Qu'est-ce qui vous met autant en colère ? lui demanda Miriam.

Deborah se retourna pour la réprimander, mais son regard fut, comme celui de tous les autres membres de la famille, aimanté par Horatio. Il s'était quasiment pétrifié, le doigt tendu devant lui. On aurait dit une statue. L'espace d'un instant, on eut l'impression que ses traits allaient s'adoucir, qu'il allait retirer toutes ses paroles acerbes et renoncer à sa colère. On eut l'impression qu'il allait répondre à la question de Miriam. Au lieu de quoi, sans baisser son bras, il fronça les sourcils et hurla :

– Dégagez !

Morton enclencha la marche arrière, fit une manœuvre rapide, puis s'engagea sur le chemin défoncé. Personne ne dit un seul mot lorsqu'ils prirent la route pour regagner le pont qu'ils avaient traversé moins de quinze minutes plus tôt. On aurait cru qu'un accord tacite leur interdisait, à tous, de rompre le silence avant de rejoindre l'autre rive – leur rive ! – du fleuve. Dès qu'il le put, Morton quitta la voie rapide et coupa le moteur. Un sentiment de soulagement envahit Zack, aussi puissant que s'ils venaient tous de réchapper à un grave danger.

– C'était effrayant, dit Ruth, vraiment effrayant. Cet homme est effrayant.

– En tout cas, c'est bien lui qui a envoyé le message, ajouta Ethan. Vous avez vu sa tête quand papa l'a interrogé ? Et quand il a compris qu'on avait déchiffré le code ?

– Oui, mais on n'est pas plus avancés qu'avant notre visite, nuança leur père.

– Eh bien, nous savons qu'il est déterminé à nous voir échouer, répliqua leur mère. Au cas où on en aurait douté.

Elle se tourna vers Miriam.

– J'aurais préféré que tu ne le provoques pas. Ça a attisé sa colère.

– Il nous criait dessus, maman !

– Ce n'est pas une raison pour l'imiter.

Miriam s'avachit sur la banquette.

– Ça ne sert qu'à empirer les choses.

– Je pense qu'il veut trouver quelqu'un, moi, dit Zack. Ou plutôt qu'il veut que quelqu'un le trouve.

Il n'aurait pas su expliquer d'où lui venait cette idée, mais cet homme dégageait tant de désespoir et de tristesse que Zack ne pouvait s'empêcher de songer qu'il avait envoyé ce message mû par la détresse.

–Ce serait logique, non ? insista-t-il.

–En pleine nuit ? lui répliqua Ruth. Et au milieu de nulle part ? Je suis désolée, Zack, mais je pense plutôt que ce type a perdu la boule. Ou qu'il cherche à nous la faire perdre.

–En tout cas, je peux vous dire que je suis plus que jamais déterminé à ouvrir nos chambres d'hôtes et la Tour d'ici la fin de l'été, lança leur père en redémarrant. Je ne laisserai pas cet homme nous intimider.

–Vous rêvez d'ouvrir des chambres d'hôtes ? répliqua Miriam. Ou comment vous assurer que l'habitant d'une vieille cabane, entouré de trois chiens enragés, ne vous mettra pas des bâtons dans les roues.

Leur mère se toucha le front en riant.

–Ah, quelle matinée étrange ! Je vais préparer à déjeuner à notre retour, puis on se remettra au travail.

–Oyez, oyez ! cria leur père en se réengageant sur la voie rapide. Les chambres d'hôtes de Vista Point ouvriront bientôt leurs portes !

Dix-neuf

UNE HISTOIRE SURPRENANTE

Une semaine et demie s'écoula. Les enfants se rendirent à la Tour presque tous les jours, sans y entrer – leur père avait bien insisté sur ce point, ils ne pourraient commencer à intervenir qu'après l'inspection officielle. Ils passèrent des heures à gratter les traces de moisissure sur la façade. Ils aidèrent aussi leurs parents à poser de la moquette, à accrocher des rideaux, et à disposer les meubles dans les chambres qui accueilleraient des hôtes. Ils allèrent se baigner dans les piscines quatre fois, et Zack réussit même à convaincre Ethan et Ruth de l'accompagner à la cabane d'Orland Wetherill. Ainsi, ils découvrirent « ensemble » la plaque avec les mots *Neuf est un*. Ils poursuivirent leur exploration des sentiers du coin, et ils se postèrent sur le perron de la Tour, à 22 heures, le samedi suivant. Contre toute attente, ils revirent les flashs qui énonçaient un message identique à celui de la semaine précédente. Ils eurent du mal à en croire leurs yeux.

Zack continuait à passer de nombreuses heures, chaque jour, seul dans sa chambre. Il avait lu les trois tomes suivants de sa série: « Le Repaire du rapace », « Une virée en mer imprévue » et « Le Lac caché ». Pourtant, il se rendait bien compte que leur nouvelle vie à Vista Point l'encourageait à consacrer plus de temps à son frère et ses sœurs. Il guettait Ann quotidiennement, se rendant même à la grotte pour lui laisser des messages – auxquels elle ne répondait jamais, sans doute parce qu'elle ne les voyait pas –, arpentant les sentiers forestiers seul, dans l'espoir de la croiser. Il y avait à présent près de quinze jours qu'il ne l'avait pas revue. Il continuait à tenter de comprendre le texte énigmatique sur le médaillon. Il en avait souvent discuté avec son frère et ses sœurs.

– Au début, j'ai cru qu'il s'agissait d'un chiffrement par substitution, leur dit Ethan, un jour qu'ils séchaient au soleil après un bain dans la piscine du haut. J'ai une grille dans mon manuel de scoutisme. Ce sont des codes assez basiques, où une lettre est mise à la place d'une autre. Sauf que ça ne fonctionne pas ici.

– Ce serait trop simple, rétorqua Miriam. Je suis sûre que c'est beaucoup plus sophistiqué.

– Dans ce cas, nous n'avons que très peu de chances de réussir à percer le code...

– Je suis persuadée que ce n'est pas impossible, insista Ruth. Tu te rappelles ce que tu nous avais lu au sujet d'Orland Wetherill, Mir ? Il avait bien demandé aux gens de ne répéter la réponse à personne, hein ? Ça doit vouloir dire qu'on peut décrypter le message.

–Oui, mais pas que c'est facile.

–Oh, ça ne peut pas être si compliqué que ça ! Je suis sûre qu'on passe à côté d'une évidence.

–Le chiffre 9 est la clé, dit Zack. Il se trouve sur le médaillon, sur la cabane, sur la stèle...

–Tu as sans doute raison, reconnut Miriam. J'ai d'ailleurs tenté de décaler toutes les lettres de neuf places. Tous les *a* devenaient...

Elle s'interrompit pour compter dans sa tête.

–... des *i* ou des *j*, selon la façon de compter. Ça n'a rien donné.

–Moi, enchaîna Ethan, j'ai essayé de prendre la neuvième lettre pour former des mots, et ça n'a rien donné non plus.

–On en a déjà parlé cent fois, s'impatienta Ruth. Il y a un truc qui continue à nous échapper.

Se tournant vers Zack, elle ajouta :

–Pas d'éclair de génie dernièrement ?

–Aucun. Mais je suis sûr et certain que la réponse se situe du côté du chiffre 9. Une fois qu'on aura trouvé, ça nous paraîtra évident !

Zack séchait autant que les autres, et cette énigme le tourmentait régulièrement. Le temps fila pourtant sans qu'il s'en rende compte, et la fin du mois de juillet approcha à toute allure. Il se mit alors à penser que dans un peu plus d'un mois il ferait sa rentrée dans une nouvelle école. Ce qui l'inquiétait. Non seulement parce qu'il avait peur de ne pas réussir à s'adapter et de ne pas se faire de nouveaux amis, mais aussi parce que cela rendait leur emménagement à Vista Point plus définitif : ils ne retourneraient pas à Roseburg, et chaque fois cette pensée s'accompagnait d'un pincement de désespoir au souvenir de Susan. Une nuit, il s'était réveillé si triste qu'il avait rejoint ses parents dans leur chambre et avait fondu en larmes. Sa mère l'avait serré dans ses bras, lui avait assuré qu'il n'avait rien à se reprocher. Toutefois Zack n'était jamais convaincu par ces mots, jamais consolé.

– Tu es un garçon formidable, lui répétaient ses parents. Tu n'as rien fait de mal.

Comment peuvent-ils être aussi aveugles ? songeait-il en se remémorant toutes les occasions où il s'était montré égoïste, irréfléchi ou blessant. C'était ce garçon-là qu'il était au fond, celui qui n'avait pas su garder un œil sur Susan. *Comment ne s'en rendent-ils pas compte ?* se demandait-il.

À la rentrée scolaire, il en était persuadé, la vie qu'ils avaient laissée derrière eux, à Roseburg, serait terminée à tout jamais.

De très bonne heure, le dernier jeudi de juillet, Zack lisait « L'Immense Quintette », le tome neuf de *Faucons et Brigands*, allongé sur son lit, lorsqu'il remarqua que quelqu'un sortait de la forêt pour s'engager dans le pré. D'un bond, il courut presser son visage contre la fenêtre. Ann ! Elle jeta un coup d'œil en direction du manoir, et il fut certain qu'elle aspirait à être vue.

Il agita le bras avec enthousiasme, mais elle était trop loin. Elle disparut rapidement derrière la Tour. Il attendit de voir si elle réapparaissait, et comme ce n'était pas le cas, il mit ses chaussures, et descendit le plus discrètement possible. Tout le monde dormait encore, et il put se faufiler sans bruit par la porte de la cuisine. L'air était frais, il y avait de la rosée sur l'herbe.

Zack fit un détour pour être caché par les arbres – personne ne devait le repérer. Il courut tout du long. Il fut tenté d'appeler Ann à l'approche de la Tour, mais il se ravisa.

Il descendit un peu le long de la pente du promontoire pour pouvoir atteindre la Tour par un chemin qui le rendrait invisible depuis le manoir. Au moment où les marches du bâtiment de pierre surgissaient dans son champ de vision, il découvrit Ann. Assise dessus, elle semblait guetter son arrivée.

– Ah ! Te voilà !

– Où étais-tu passée ? lui demanda-t-il entre deux halètements.

Il s'arrêta et reprit son souffle avant d'ajouter :

– Ça fait tellement longtemps que je ne t'avais pas vue !

– Je sais bien. On est parties plus d'une semaine.

Elle se leva abruptement et observa la rive opposée du fleuve.

– Ma mère a dû aller aider ma tante à Roseburg, et elle a posé un congé.

Il y avait tant de questions qui brûlaient les lèvres de Zack, et il ne savait pas très bien par laquelle commencer.

– Tu es allée à Roseburg ? Comment va ta tante ?

– Bien. On passe parfois du temps chez elle.

Zack n'était pas très convaincu par les réponses d'Ann, mais il était heureux de voir qu'elle était en forme. Il avait fini par se demander si elle n'avait pas un problème – un problème grave, même – qui l'empêchait de venir. Il opta pour une autre approche :

– Ce restaurant où travaille ta mère, il s'appelle bien Le Relais ?

– Oui, dit-elle en plissant les yeux.

Il s'assit sur les marches en poussant un dernier long soupir. Il avait l'impression d'avoir enfin repris son souffle.

– Mon père dit qu'il n'y a pas de restaurant de ce nom le long de la voie rapide.

Une grimace d'étonnement déforma les traits d'Ann.

– C'est là que ma mère travaille.

– Je peux te poser une question ?

– Oui.

Zack voulait lui demander de but en blanc si elle vivait dans ce campement au milieu de la forêt. Il la rassurerait : elle n'avait aucune raison d'avoir peur et de lui mentir, aucune raison de se cacher. Et pourtant il hésita au moment de prononcer les mots : ils se retrouvaient pour la première fois depuis plusieurs jours, il n'avait aucune envie de la mettre mal à l'aise.

– Tu as déjà été sur l'autre rive du fleuve ? lui demanda-t-il plutôt.

– Oui. En prenant le pont.

– J'y suis allé avec toute ma famille la semaine dernière, dit Zack. C'est une histoire un peu bizarre. Un type nous a envoyé des signaux lumineux, un soir où on était à la Tour, et on a fini par comprendre qu'il s'agissait d'un message codé. C'était du morse, je ne sais pas si tu connais. Bref, ça disait de traverser la rivière et de venir chez lui, et c'est donc ce qu'on a fait. On s'est retrouvés nez à nez avec ce vieux type méchant, qui était venu chez nous menacer mes parents.

Ann scrutait Zack avec une grande intensité pendant son récit. Elle ne prononça pas un mot quand il eut terminé, mais son regard signifiait qu'elle n'en croyait pas ses oreilles.

–Qu'est-ce qu'il y a ?

–Je connais le morse. C'est la technique dont mon père m'avait parlé, justement. Tu te souviens ? Je te l'ai raconté la dernière fois.

Un frisson parcourut Zack.

–Et ton père te l'a apprise ?

–Il me l'a plutôt expliquée dans les grandes lignes, quand je lui ai dit que j'avais peur de me perdre dans la forêt. Il m'a montré comment, avec une lampe, on pouvait faire des flashs plus ou moins longs, qui représentent des points et des traits. À partir de là, on peut former des lettres en morse. On jouait même à ça à la maison. On éteignait les lumières, il prenait une torche et m'envoyait des signaux. Je devais les répéter tout haut, dire s'ils étaient longs ou courts. Il m'a donné une petite carte avec les correspondances entre les signaux et les lettres, pour que je puisse déchiffrer les messages.

Zack était si sonné par ce qu'il entendait qu'il ne savait pas très bien quoi dire. Il ne pouvait pas s'agir d'une simple coïncidence, il en avait la certitude. D'un autre côté, il ne s'expliquait vraiment pas de quoi il retournait. Comment Horatio Cuvallo et ses signaux lumineux pouvaient-ils avoir le moindre rapport avec Ann ?

–Je ne comprends pas, avoua-t-il. Même en apprenant le morse et en t'entraînant avec lui, comment ça aurait pu t'aider si tu te perdais ?

–Tu ne m'as pas bien écoutée, alors.

–Comment ça ?

–Il m'a dit de venir ici, devant ce bâtiment. Si j'étais perdue, il me suffisait de le trouver et de m'y rendre. C'est l'endroit le plus connu de la région, et on le voit de partout. Une fois que j'y serais, il m'enverrait des signaux.

Zack était si fébrile qu'il se leva et jeta des coups d'œil autour de lui. Il avait l'impression qu'un détail lui échappait, et l'empêchait de comprendre ce qu'il se passait. Malheureusement, il n'eut aucune révélation. Tout était silencieux, à l'exception de ce bourdonnement, cette minuscule vibration, qui semblait toujours entourer Zack et Ann quand ils étaient près de la Tour.

–Mais comment tu aurais pu voir ses flashs ? demanda-t-il en l'imaginant assise sur les marches du perron, telle qu'elle l'était à cet instant précis, donc en plein jour.

Comment une petite fille aurait-elle pu se rendre ici de nuit, toute seule ?

–On ne peut voir aucune lumière, insista-t-il. Pas lorsque le soleil brille.

–Il m'a dit de venir de nuit, répondit-elle tout bas. Je m'en souviens.

Zack en eut le souffle coupé. Il fixa Ann du regard et attendit qu'elle poursuive.

–« À 22 heures, le samedi soir, si tu as peur, au bâtiment en pierre, tu verras une lumière. »

Elle répéta ces paroles d'un ton chantant, comme une petite comptine toute simple. Or, ces mots décrivaient si exactement le phénomène dont Zack avait été témoin, les signaux adressés par Horatio Cuvallo, qu'il dut se rasseoir.

– C'est ce qu'il m'a expliqué. Un court poème. Pour que je puisse le retenir.

– On a vu cette lumière, Ann. Il envoie un message tous les samedis à 22 heures précises. Il te cherche.

– Qui ?

– Dis-moi quelque chose, Ann. La vérité, d'accord ? Est-ce que tu vis avec ces gens dans la forêt ?

– Comment ça ? J'habite avec ma mère dans une maison. Pas dans la forêt.

– Mais cette histoire de signaux… Est-ce que quelqu'un t'en a parlé ? Ce n'est pas vraiment ton père qui te l'a racontée, si ?

Elle le dévisagea comme si elle ne comprenait pas les mots qu'il prononçait.

– Pourquoi tu me demandes tout ça brusquement ? Mon père m'a appris la technique du morse avec une lampe torche, et il m'a dit de venir ici, si un jour je me perdais.

Zack s'efforça de donner un sens à ce qu'il entendait. Cependant, tout se mélangeait dans sa tête, et soudain une pensée vint l'ébranler : Ann mentait.

– Je préférerais que tu me dises la vérité, tu sais.

Les épaules de la fillette s'affaissèrent et elle détourna les yeux vers une petite touffe d'herbe sur le perron de la Tour. Elle resta dans cette position un instant, et Zack crut qu'elle réfléchissait à lui avouer la vérité, à lui dire qu'elle avait entendu cette histoire de signaux en morse et de Tour quelque part, que ça lui avait paru amusant ou excitant de s'attribuer un rôle là-dedans, mais qu'elle n'avait en réalité aucun lien avec tout ça.

Il fut surpris de la voir se lever.

– Il vaut mieux que j'y aille, murmura-t-elle.

– Attends !

Il se redressa lui aussi.

– Ne t'en va pas, je me posais juste des questions, c'est tout.

– Il vaut mieux que j'y aille.

Elle pivota sur ses talons.

Il tendit une main pour la retenir, mais elle lui tournait le dos. Il s'apprêtait à dire quelque chose, pourtant il resta silencieux et la regarda s'éloigner lentement vers les bois. Un sentiment de désespoir le submergea lorsqu'elle disparut entre les arbres épais. Il repensa inévitablement à ce qu'il s'était passé ce soir-là, à la fête foraine, avec Susan. Et il se demanda s'il aurait pu dire ou faire quoi que ce soit pour empêcher Ann de partir.

Il la perdit de vue.

Vingt

UN DÉJEUNER ET UNE LETTRE

– Zack ?

La voix avait résonné dans son dos, et il se retourna pour découvrir Miriam.

– Salut.

Il tenta de cacher combien il était secoué.

– Ça va ? Qu'est-ce que tu fais dehors tout seul, aussi tôt ?

Il se détourna de sa sœur pour lui montrer les bois.

– Tu ne l'as pas vue ?

– Qui ça ?

Elle regarda dans la direction qu'il lui indiquait, puis inclina la tête d'un air intrigué, et il reconnut aussitôt la note de défiance de plus en plus souvent présente dans sa voix.

– Je n'ai vu personne, non.

– C'était Ann. La fille dont je t'ai parlé. Elle vient juste de partir. Tu l'as forcément vue.

Elle secoua la tête.

–Je suis là parce que Ruth pensait que tu étais sorti. J'ai voulu m'assurer que tout allait bien.

Elle se tourna de nouveau vers les bois.

–Je n'ai vu personne à part toi.

Elle fit quelques pas vers son frère.

–Il n'y a que toi ici, Z.

–Non, elle était là. Je lui ai parlé.

–Zack, répliqua Miriam d'un ton insistant, il faut que tu réfléchisses à ce que papa t'a dit.

–Je n'invente pas.

Elle leva les bras sur les côtés, d'un geste qui clamait: « Comment veux-tu que je te croie alors qu'il n'y a rien à voir ? »

–Je ne mens pas, persista-t-il.

–Je sais que tu es malheureux, Zack. On l'est aussi. Il faut que tu essaies de surmonter ta tristesse.

–Tu aimerais juste que j'oublie tout, hein ? Tu veux que j'oublie Susan !

Sa voix était tendue et stridente, ses yeux se remplissaient de larmes.

–Ce n'est pas du tout ce que j'ai dit. Personne ne l'oubliera, jamais. Mais tu ne peux pas passer la moitié de tes journées enfermé dans ta chambre, et nous parler seulement quand tu es de bonne humeur. Tu ne vas pas bouder éternellement et inventer des histoires.

–Je...

Aussitôt, ses pensées s'embrouillèrent. Il fit un pas en avant, et Miriam aussi. Elle l'enlaça par les épaules.

– Tout va bien, Z. Je t'assure. Tout va bien, je ne suis pas fâchée. Je voudrais juste que tu arrives...

Il fondit en larmes dans les bras de sa sœur, qui le serra contre elle. Elle lui caressa gentiment le dos. Il finit par s'écarter, mais garda les yeux fermés.

– On se sent tellement bien, près de la Tour, murmura-t-elle. Ça va être incroyable, quand on pourra la rouvrir au public et que les gens viendront la visiter.

– Tu crois à cette histoire, Mir ? lui demanda-t-il tout bas, paupières toujours closes. Sur la Tour qui rendrait le monde meilleur ?

Elle lui caressa de nouveau le dos.

– Oui, Z. J'y crois du fond du cœur.

Il rouvrit les yeux et lui adressa un sourire frémissant.

– Rentrons, proposa-t-elle.

Ils reprirent ensemble le chemin du manoir.

La semaine suivante ressembla beaucoup à celle qui venait de s'écouler. L'équipe d'ouvriers continuait à s'occuper de l'extérieur, tandis que les Einstein œuvraient lentement, mais sûrement, à rendre l'intérieur de leur manoir accueillant – pour eux et leurs futurs hôtes. Un panier de basket fut installé à l'arrière, à côté du parking, et Miriam consacrait plusieurs heures, chaque jour, à s'entraîner au tir. Ethan avait pris l'habitude de sortir courir sur la route tous les matins, car il comptait rejoindre l'équipe de cross-country du lycée à la rentrée. Quant à Ruth, elle avait découvert l'existence d'un atelier d'écriture dont les participants se réunissaient une fois par semaine à la bibliothèque de

Thornton Falls, et elle rédigeait des nouvelles pour en parler avec eux. Un inspecteur se présenta un jour pour procéder à une évaluation de la Tour, accompagné de deux membres de l'association culturelle de Roseburg. Il accorda un permis aux Einstein pour son ouverture au grand public. Dès lors, les quatre enfants purent entreprendre d'en balayer, récurer et polir tout l'intérieur. Leurs parents firent aussi intervenir une équipe d'ouvriers, qui remplaça, en deux jours, toutes les fenêtres cassées ou manquantes.

–On dirait presque qu'elle vient d'être construite, s'émerveilla Deborah, tandis que toute la famille s'était réunie au pied de la Tour le dernier jour de juillet pour l'admirer.

–Une fois qu'on aura un peu nettoyé le toit, ajouta Morton, elle sera vraiment comme neuve. C'est allé si vite, je n'en reviens pas !

Le quotidien de Zack n'avait pour ainsi dire pas changé, ni du côté des habitudes ni du côté de l'humeur. Il lisait (après avoir terminé le tome 10 de *Faucons et Brigands*, « Hue, Dada », il n'avait pas eu envie d'enchaîner avec les deux derniers de la série, et avait préféré en commencer une nouvelle, *Le Club de Wallenda*). Il passait l'essentiel de son temps dans sa chambre, accompagnait parfois les autres pour une baignade ou une randonnée, et guettait Ann. Après leur étrange discussion sur les marches de la Tour, il avait le pressentiment qu'elle ne reviendrait pas avant longtemps – à supposer qu'elle revienne. Il restait troublé par l'histoire qu'elle lui avait racontée, et le lien évident qui existait entre elle et Horatio Cuvallo. Il avait résolu de ne plus en parler à personne. Non seulement aucun membre de sa famille ne croyait à l'existence d'Ann, mais lui-même doutait de son honnêteté. Elle répétait ce que quelqu'un d'autre lui avait dit, il en était certain. C'était la seule justification possible. Quant à Horatio Cuvallo, il avait probablement un peu perdu la tête, ce qui expliquait pourquoi il envoyait ce message, sans doute ancien, en morse. Peut-être que l'un des habitants du campement avait aperçu les flashs et inventé une histoire – Ann l'avait entendue, puis légèrement modifiée, pour la relater à Zack. Il ne trouvait pas d'autre explication.

À midi, le premier jour du mois d'août, un jeudi, le manoir était une vraie ruche, car les Einstein avaient invité les Bigelow à déjeuner. Chaque enfant s'était vu assigner une mission : mettre le couvert, débarrasser tous les câbles et les outils qui traînaient dans le salon et l'entrée, s'assurer que la salle de bains était bien rangée, ou retrouver la vieille boîte avec les albums de John Coltrane que Morton avait l'intention de passer pendant le repas. Le manoir embaumait grâce aux bons petits plats mijotés par Deborah : pavés de saumon aux herbes, avec des artichauts, des tomates et du safran, accompagnés d'une salade de carottes épicée et suivis d'une tarte à la pêche.

–Je ne pourrai jamais rivaliser avec le poulet frit de Juanita, dit-elle aux enfants en sortant le plat du four, mais j'espère que ça leur plaira.

–Ça sent super bon, maman, voulut la rassurer Ethan.

–C'est le goût qui compte, pas l'odeur, rectifia Ruth en levant l'index, comme pour le corriger.

Leur mère agita un poing dans sa direction d'un air de colère feinte.

– Ce n'est pas pour toi, de toute façon. J'ai un ragoût de lentilles pour les végétariens de cette maison.

– Un jour, tout le monde sera végétarien, rétorqua-t-elle. Crois-moi, je suis juste en avance.

– Tu savais que quand tu es dehors et que tu respires tu avales de minuscules insectes ? lui demanda Miriam. Ce qui signifie que tu n'es pas vraiment végétarienne.

– Ils arrivent ! leur cria leur père.

Il les avait vus par la fenêtre du salon. Il se tourna vers les enfants.

– Je compte sur tout le monde pour se conduire normalement en présence de nos hôtes. Je ne veux pas entendre de bêtises sur les insectes et le régime végétarien !

Zack rit de bon cœur avec les autres, même s'il était un peu nerveux. Il voulait en savoir plus sur Horatio, et les Bigelow étaient sans aucun doute la meilleure source d'information possible.

– Bonjour, bonjour ! s'exclama Rydell lorsque Morton leur ouvrit la porte.

Quelques minutes plus tard – le temps que Juanita offre à Deborah une boîte en fer-blanc contenant des biscuits qu'elle avait confectionnés et que Rydell admire les rénovations à l'intérieur du manoir –, tout le monde était à table. Morton récita une prière et le repas débuta.

– Alors comme ça, vous allez vraiment rouvrir l'étape… enfin, la Tour, au public ? Quelle nouvelle merveilleuse ! dit Juanita.

La conversation était déjà passée de la météo aux attentes des enfants pour la rentrée scolaire, sans oublier le tracteur vendu par un voisin, que Morton pourrait acheter à un prix raisonnable par l'intermédiaire de Rydell.

– Oui, confirma Deborah. Et c'est grâce aux enfants. Ils ont insisté, et je les en remercie.

– À propos de la Tour, enchaîna Morton, il faut qu'on vous raconte une histoire des plus étranges. C'est au sujet de Horatio… Vas-y, Ethan, explique-leur les signaux lumineux et le reste.

Ethan se chargea du récit des événements qui les avaient conduits chez Horatio, même si tout le monde, excepté Zack, voulut rapidement mettre son grain de sel.

– Ah, ça, c'est bizarre, en effet, conclut Juanita, avant de regarder Rydell. Enfin, on sait où il habite maintenant.

– La description me fait penser à l'ancienne cabane des Powter, ajouta Rydell. Ce sont ses cousins. Il l'a peut-être rachetée, à moins qu'ils ne la lui prêtent. Difficile de savoir ce qu'il mijote avec ses signaux lumineux…

– Et s'il cherchait sincèrement à entrer en contact avec quelqu'un ? lança Zack.

Sa question fut suivie d'un silence, que Juanita s'empressa de rompre.

– Comment ça, mon chéri ?

– Et s'il craignait que quelqu'un ne se soit perdu et qu'il lui indiquait le chemin ?

– Ce serait très noble de sa part, lui dit-elle avec tendresse. Il nous paraît à tous plutôt désagréable, mais tu as raison, il veut peut-être aider quelqu'un. Ça me plaît de penser ça.

– Enfin, dans ce cas, pourquoi n'enverrait-il des signaux lumineux à la Tour que le samedi soir ? riposta Miriam. C'est tellement bizarre… J'ai surtout l'impression qu'il n'a plus les idées très nettes, moi.

– Imaginons qu'il ait mis au point une technique de communication avec cette personne pour l'aider au cas où elle se perdrait ?

Zack avait une telle conviction dans son ton que tout le monde cessa de manger pour le dévisager. La tension dans l'air était palpable, elle se transforma presque aussitôt en gêne.

– Zack, lui dit sa mère, c'est une très belle idée, et c'est gentil de ta part de prêter de telles intentions à M. Cuvallo, mais je crois, comme Miriam, qu'il n'envoie ces signaux que parce qu'il est un peu perturbé. Je doute qu'il cherche à contacter une personne en particulier.

Zack regarda sa mère. Il s'apprêtait à répéter à tout le monde l'histoire qu'Ann lui avait racontée, ne serait-ce que parce qu'il avait la certitude que cela pourrait enfin leur prouver, à tous, qu'il y avait une logique derrière toute cette histoire. Un but, même.

– C'est qui ? demanda alors Ruth, qui avait les yeux rivés sur l'immense fenêtre de la salle à manger.

Une voiture approchait. Elle se gara devant le manoir, et une jeune femme en descendit.

– C'est Megan Rashid, du bureau de poste, expliqua Juanita. Je suis curieuse de savoir ce qu'elle fait ici.

Morton se leva pour aller lui ouvrir. Des bruits assourdis de conversation parvinrent dans la salle à manger, puis il revint avec une lettre, qu'il brandit.

– Recommandée, précisa-t-il. J'ai dû signer pour qu'on me la remette.

Il lut l'adresse de l'expéditeur.

– Ça vient du tribunal administratif.

– C'est à quel sujet ? s'enquit Ethan.

Morton désigna la table d'un large geste.

– Nous sommes en plein déjeuner avec nos charmants voisins, je l'ouvrirai plus tard.

– Cette lettre a un rapport avec Horatio, décréta Miriam. C'est sûr. Un problème légal…

– Il s'agit peut-être d'une bonne nouvelle, suggéra Juanita. Je suis certaine que vous êtes impatients de savoir de quoi il retourne, de toute façon. Ne vous privez pas pour nous, surtout.

– Vous allez être sur des charbons ardents jusqu'à la fin du repas sinon, renchérit Rydell. Nous serons tous là à savourer la tarte de Deborah et les biscuits de ma femme, et vous, vous ne penserez qu'à ce petit morceau de papier dans cette enveloppe. Ouvrez-la. Nous pourrons peut-être même vous aider à comprendre de quoi il retourne.

Morton consulta Deborah en silence ; elle haussa les épaules d'un air de dire : « Pourquoi pas ? » Il considéra chacun des enfants, puis glissa son index sous le rabat, et déchira l'enveloppe d'un geste bien net.

– Alors, qu'est-ce que ça raconte ? demanda Ruth pendant que son père lisait la lettre sous le feu des regards.

– Il y aura une audience le 3 septembre, répondit-il après un silence. L'administration étudie la situation, et elle nous informera, à cette date, de sa décision concernant l'ouverture de nos chambres d'hôtes. Nous sommes autorisés à apporter des éléments en notre faveur lors de l'audience. C'est à peu près tout.

Il jeta un dernier coup d'œil à la lettre, comme pour s'assurer qu'il n'avait rien oublié, puis il la rangea dans l'enveloppe, et la posa sur le secrétaire derrière lui.

– Ça paraît plutôt positif, non ? lança Juanita. En tout cas, on ne vous accuse pas d'enfreindre la loi.

Morton était abattu.

– Non, dit-il en se rasseyant.

Il semblait si défaitiste que tout le monde le regarda.

– Ce n'est pas la catastrophe, voulut le réconforter Deborah. On a une date d'audience, Morton. Je pense que c'est une bonne chose. On sait ce qui nous attend, maintenant.

Elle posa une main sur son bras.

– Qu'est-ce qui ne va pas ?

– Nous sommes sommés de cesser immédiatement les préparatifs pour l'ouverture. C'était la dernière phrase : « Tous les travaux de rénovation à visée d'activité commerciale doivent être suspendus à la réception de ce courrier. »

Il soupira.

– On ne peut plus toucher aux futures chambres d'hôtes. En tout cas jusqu'à l'audience.

Vingt et un

PISTES ET SOLUTIONS

Tout le monde s'efforça de faire bonne figure pour la fin du repas, même si le courrier avait assombri la journée.

–Je dirais, pour ma part, que le verre est à moitié plein, remarqua Rydell en mangeant un morceau de tarte à la pêche. Le tribunal aurait déjà pu prendre une ordonnance en votre défaveur, et dans ce cas vous auriez été obligés de vous engager dans une bataille judiciaire uniquement pour obtenir une audience. Au moins, là, vous pourrez en discuter avec le juge, et je suis sûr que vous saurez lui faire entendre raison.

–À moins qu'il ne voie en nous des étrangers menaçant le calme de Vista Point, rétorqua Morton d'un air sombre.

–J'en doute fortement, intervint Juanita. De toute façon, une fois qu'il aura entendu Horatio, s'il l'entend, il s'apercevra qu'il agit uniquement par vengeance personnelle. Qu'il est amer. Je ne peux pas imaginer qu'un jugement puisse être prononcé en sa faveur.

–Je ne comprends pas pourquoi cet homme est à ce point en colère, dit Ethan. Vous auriez dû le voir, il était furieux.

–Oh, nous l'avons vu, répondit Rydell.

–Tout ça parce qu'il a perdu sa maison il y a des dizaines d'années ? s'étonna Ruth. La plupart des gens s'en seraient remis à ce stade, non ?

–Ça, et puis le départ de sa femme et de sa fille, j'imagine, expliqua Juanita. Il ne s'en est jamais relevé.

–C'est vraiment terrible, déplora Deborah. Il est si aigri... Ce n'est pas une façon de vivre sa vie.

–D'ailleurs, la semaine dernière, en rangeant notre bibliothèque, nous avons retrouvé des livres pour enfants que nous avions complètement oubliés ! s'exclama Juanita.

Devant les regards hébétés des Einstein, elle expliqua aussitôt :

–Si je vous en parle, c'est parce que l'un d'eux appartenait sans doute à la fille de Horatio. Ne me demandez pas comment il a atterri chez nous, il y a longtemps que je l'ai oublié. Peut-être s'en est-il débarrassé après le départ de sa femme et de leur fille, à moins que celle-ci ne l'ait elle-même laissé à la bibliothèque à l'époque où je travaillais là-bas. Je n'arrive pas à me rappeler.

Un bourdonnement fit son apparition dans un coin du crâne de Zack, et il attendit d'entendre la suite.

–Pourquoi avez-vous pensé à ça, Juanita ? l'encouragea Deborah.

–Eh bien, la coïncidence me semble un peu étrange. Je n'avais pas songé à cette fillette depuis des années...

–Vous vous souvenez du titre ? demanda Zack, si bas que Juanita dut le faire répéter.

–J'ignore si les enfants d'aujourd'hui lisent toujours cette série, elle s'appelle *Faucons et Brigands.*

–C'est la préférée de Zack ! s'enthousiasma Ruth. Incroyable !

Ethan observa son petit frère en fronçant les sourcils.

–Encore une coïncidence plutôt étrange...

Zack était en proie à un trop grand nombre d'émotions pour accorder de l'importance à la remarque de son frère.

–Comment savez-vous qu'il lui appartenait ? s'étonna-t-il.

–Elle avait écrit son nom sur la page de garde. Felicia Ann Cuvallo. Et d'ailleurs, il me semble maintenant que Horatio l'appelait toujours par son second prénom, Ann.

Zack lâcha sa fourchette et leva les deux mains d'un geste d'impuissance : il ne pouvait plus garder ça pour lui.

–Je l'ai vue ! dit-il en scrutant les visages autour de la table. On a exploré la forêt ensemble. On s'est retrouvés cinq ou six fois. Et elle est au courant pour les signaux lumineux. Son père lui avait expliqué que si un jour elle se perdait, il lui suffirait de se rendre à la Tour un samedi soir, à 22 heures, et qu'il lui enverrait un message en morse. C'est elle ! Je l'ai vue !

Tout le monde le dévisageait en silence.

–Vous ne me croyez pas ?

–Zack, mon chéri, dit Juanita, Ann est partie d'ici il y a des années. Elle doit être plus vieille que tes parents aujourd'hui. Horatio est un monsieur âgé, plus que nous encore.

–Je vous assure que je l'ai vue, je vous le jure. Je ne mens pas. Tout ce que je dis est vrai.

Il surprit le regard que son père échangeait avec Rydell.

–Papa, je sais que tu penses que je l'ai inventée, mais ce n'est pas le cas. Je l'ai vue, je lui ai parlé !

–Fiston, je ne dis pas que tu l'as inventée. Simplement, essaie de faire un pas de côté et de te mettre à notre place. Ça ne tient pas la route. C'est peut-être juste une coïncidence. La fille que tu as rencontrée s'appelle aussi Ann. Rien de plus.

Zack se mordit la lèvre. Il ne voulait pas pleurer, il ne voulait pas non plus crier ou quitter brusquement la pièce, surtout en présence des Bigelow.

–Est-ce que je peux sortir de table ?

Son père lui répondit d'un hochement de tête. Sans un regard pour personne, il se dirigea vers l'escalier.

–C'est juste une coïncidence, murmura Miriam.

Il ne savait pas à qui elle s'adressait, mais ce n'était pas à lui.

–Pas du tout ! cria-t-il, avant de courir se réfugier dans sa chambre.

Cinq minutes plus tard, Zack était assis sur son lit. Le dessin du médaillon, avec son charabia, était posé devant lui.

Je vais résoudre cette énigme, se dit-il. C'était comme un commandement qui surgissait en lui, une nécessité. Il devait se préparer, physiquement et mentalement, à l'idée que la tâche serait longue et difficile, autant que s'il partait pour une randonnée de plusieurs jours ou qu'on lui demandait de nager plusieurs kilomètres. Il ne se reposerait pas avant d'avoir réussi. Il fallait qu'il déchiffre ce message, même s'il ne s'expliquait pas pourquoi ça lui semblait soudain aussi important.

Jusqu'à ce que la réponse surgisse dans son esprit : *L'incantation arrangera tout pour tout le monde : Ann, Susan, la Tour, Vista Point, notre famille.* Il en avait la certitude.

Il prit son carnet et un stylo. Alors qu'il avait déjà envisagé de nombreuses hypothèses, il se surprit à emplir deux pages avec différentes combinaisons de lettres possibles. L'irritation monta en lui. Il avait l'impression de tourner en rond.

Un sur neuf… Neuf est un. Il entendait quasiment, dans sa tête, la voix d'Ann qui lui parlait des tables de multiplication et lui expliquait l'astuce qu'elle avait apprise. Il se représenta la tombe d'Orland Wetherill et le médaillon. *Un sur neuf.* Il se représenta la cabane. *Neuf est un.* Ces deux chiffres, 9 et 1, tambourinaient dans son crâne. Il était si exaspéré par son incapacité à trouver le sens de ce message, à établir un lien entre les chiffres, qu'il ferma les yeux et se frotta les tempes. Il sentait monter un début de migraine.

Lorsqu'il rouvrit les paupières et regarda l'heure sur son réveil, il vit qu'il était déjà 17 h 05. Il avait sombré dans un long sommeil profond. Il s'assit et jeta un coup d'œil à son carnet. Pendant sa sieste, il avait eu une sorte de révélation sur le chiffre 9, et celle-ci lui échappait à présent qu'il était réveillé. Il tenta de se raccrocher à cette sensation : il devait impérativement se la rappeler !

Et si la neuvième lettre de l'incantation était la première de celles qui apparaissent sur le médaillon ? Neuf est un.

Il s'empara de son stylo et entreprit d'écrire sans réfléchir à ce qu'il faisait. Pendant près de vingt minutes, mû par une intuition qu'il aurait été incapable d'expliquer, il écrivit, traçant des lignes pour relier certaines lettres entre elles, en barrant d'autres, recommençant. Et quand il eut terminé, il fut certain d'avoir trouvé la solution. Il relut deux fois le résultat auquel il était parvenu, calcula de nouveau, cocha des lettres… Jusqu'à ce que, enfin, il soit satisfait.

Il se leva de son lit et emporta son carnet et son stylo au rez-de-chaussée. Il exultait tellement qu'il aurait voulu crier. Ruth et Ethan jouaient au backgammon sur la table de la salle à manger; leur mère préparait quelque chose dans la cuisine.

–Zack ! s'exclama Ruth d'un ton joyeux.

–Hé, Z ! ajouta Ethan, dont le sourire fut rapidement chassé par une expression de doute. Tout va bien ?

Zack s'approcha de la table.

–J'ai déchiffré le message, annonça-t-il en tendant son carnet comme preuve. Je sais ce que dit le médaillon.

Vingt-deux

LE SECRET DU MÉDAILLON

– Le chiffre 9 m'obsédait, expliqua Zack, lorsque les autres membres de la famille les eurent rejoints dans la salle à manger, cinq minutes plus tard. J'étais sûr qu'il était la clé de l'énigme.

– Vas-y, l'encouragea son père, montre-nous ce que tu as trouvé.

Il ouvrit son carnet, et leur présenta le premier cercle de lettres du médaillon qu'il avait recopié :

Elornerse ueptemprl ercoerero itrebiuts rpiobesoa edlzunnne ecrpdeds

– Je commence par le *E*, parce que c'est la seule majuscule, et qu'il doit bien y avoir une raison. J'étais convaincu qu'il s'agissait de la première lettre de l'incantation, et j'ai essayé toutes sortes de combinaisons, en substituant des lettres, en les remplaçant par la neuvième suivante dans l'alphabet, en sautant à la neuvième lettre à partir du *E*, et ainsi de suite. Rien ne fonctionnait. Ce qui m'a paru étrange, c'est qu'il y a six groupes de neuf lettres, puis un dernier de huit, ce qui fait un total de soixante-deux. Je suis donc parti du principe que la phrase comptait soixante-deux lettres, et j'ai tracé autant de tirets à compléter.

Il montra aux autres son carnet : on aurait dit le début d'une partie de pendu (avec un très long mot !).

```
_ _ _ _ _ _ _ _ _ _ _ _ _ _ _ _ _ _ _ _ _ _ _ _ _ _ _ _ _ _ _
_ _ _ _ _ _ _ _ _ _ _ _ _ _ _ _ _ _ _ _ _ _ _ _ _ _ _ _ _ _ _
```

– Je ne saurais pas vous expliquer pourquoi, je me suis ensuite dit que le *E* n'était peut-être pas la première, mais la neuvième lettre. En d'autres termes, que la neuvième lettre de l'incantation était la première lettre du médaillon.

Il ajouta le *E* sur son carnet.

```
_ _ _ _ _ _ _ _ E _ _ _ _ _ _ _ _ _ _ _ _ _ _ _ _ _ _ _ _ _ _
_ _ _ _ _ _ _ _ _ _ _ _ _ _ _ _ _ _ _ _ _ _ _ _ _ _ _ _ _ _ _
```

– À partir de là, j'ai essayé d'appliquer le même principe, en sautant de neuf en neuf. Voilà donc ce que ça donne quand on prend les six premières lettres du médaillon et qu'on les répartit de neuf en neuf. On a *E, L, O, R, N, E*, qu'on met à la neuvième place, puis à la dix-huitième, la vingt-septième… Je vous montre.

```
_ _ _ _ _ _ _ _ E _ _ _ _ _ _ _ _ L _ _ _ _ _ _ _ _ O _ _ _ _
_ _ _ _ R _ _ _ _ _ _ _ _ N _ _ _ _ _ _ _ _ E _ _ _ _ _ _ _ _
```

–Ensuite, il suffit de continuer. Chaque fois qu'on atteint la fin, on repart du début. Ce qui fait que pour le premier groupe de lettres, on place la septième, le *R*, sur le premier blanc, puis on compte neuf à partir de là, pour ajouter le *S* et le *E*.

R _ _ _ _ _ _ _ E S _ _ _ _ _ _ _ L E _ _ _ _ O _ _ _ _ _ _ _
_ _ _ _ R _ _ _ _ _ _ N _ _ _ _ _ _ _ _ E _ _ _ _ _ _ _ _ _ _

–Le groupe suivant contient ces neuf lettres : *U, E, P, T, E M, P, R, L.* Je les écris, en partant du neuvième blanc après le *E*, et ainsi de suite. Je pense que vous voyez l'idée maintenant.

R E _ _ _ _ _ _ E S M _ _ _ _ _ _ L E P _ _ _ O _ _ _ U R _ _
_ _ _ _ R E L _ _ _ _ N _ _ P _ _ _ _ _ _ _ E T _ _ _ _ _ _ _

–Zack, c'est incroyable, s'émerveilla sa mère.

C'était la première fois que quelqu'un ouvrait la bouche depuis qu'il avait commencé ses explications.

–Tu as compris ça tout seul ? lui demanda-t-elle.

–Il n'a pas encore fini, maman, l'interrompit Miriam, avant de faire signe à Zack de continuer. Alors, ça dit quoi, à l'arrivée ? On meurt d'impatience !

–Je vais rapidement compléter le premier cercle, dit-il en inscrivant les lettres manquantes.

R E C I T E Z C E S M O T S S U R L E P E R R O N P O U R R E
P A N D R E L E B I E N E N P E R I O D E D E T R O U B L E S

–Une fois qu'on rétablit les espaces entre les mots, ajouta-t-il en tournant la page de son carnet pour révéler la phrase qu'il avait déjà écrite, on obtient : *Récitez ces mots sur le perron pour répandre le bien en période de troubles.*

–Ça correspond à la légende que nous ont racontée les Bigelow ! s'exclama Ruth. Et à ce qu'on a lu sur Orland Wetherill. Il faut réciter l'incantation devant la Tour !

–Et tu as aussi déchiffré les deux autres cercles, Zack ? s'enquit Ethan. C'est le même principe ?

–Oui, confirma-t-il avec un hochement de tête. Exactement. Il suffit de remplir les blancs en sautant de neuf en neuf.

Il tourna la page de son carnet. Sur la suivante, il avait inscrit les lettres qui composaient le deuxième cercle du médaillon. *Teietcpuc cneurhiol rseetinss ureooeseu sntevectp eisorrse.*

–Il y a cinquante-trois lettres cette fois. En commençant par le *T* majuscule, qui va donc en neuvième position, puis en continuant et en plaçant le *e* à la dix-huitième place, ainsi de suite, on obtient ça.

Il leur montra la phrase qu'il avait écrite sur une autre page de son carnet.

C E L I E U E S T P U R N O S C O E U R S S O N T R I C
H E S E T P R E C I E U S E E S T N O T R E V I E

–Ce qui nous donne, avec les espaces : *Ce lieu est pur, nos cœurs sont riches, et précieuse est notre vie.*

Redressant la tête, il vit les visages captivés des cinq membres de sa famille.

–J'ai réussi à déchiffrer le médaillon, dit-il.

–Et la dernière phrase, Zack ? lui demanda sa mère. Tu veux bien nous la dire aussi ?

–Bien sûr.

Il passa à la page suivante, sur laquelle il avait recopié les lettres en désordre. *Uuiiidrim lratnplen toaolseur nelmstsbe peiaicssv feoqtean.*

–Et la traduction, ajouta-t-il en tournant une dernière fois la page.

D A N S L E C O U R T T E M P S Q U I N O U S E S
T I M P A R T I V E I L L O N S A F A I R E L E B I E N

–Autrement dit: *Dans le court temps qui nous est imparti, veillons à faire le bien.* En entier, ça donne donc: *Récitez ces mots sur le perron pour répandre le bien en période de troubles. Ce lieu est pur, nos cœurs sont riches, et précieuse est notre vie. Dans le court temps qui nous est imparti, veillons à faire le bien.*

Il s'interrompit, avant de conclure:

–C'est l'incantation. C'est ce qu'il faudra réciter devant la Tour une fois qu'on aura terminé les travaux.

–Zack, tu es un génie ! s'exclama Ethan en le prenant par les épaules.

Leur père s'approcha pour scruter les différentes pages du carnet. Il remonta ses lunettes qui avaient glissé sur son nez, et il étudia longuement les mots.

–C'est très impressionnant, Zack, finit-il par lâcher d'une voix qui semblait pleine d'admiration. Je suis vraiment épaté que tu aies réussi à déchiffrer ce code. Épaté et fier.

–« Le super espion Zack Einstein avait commencé sa carrière comme expert des codes secrets à l'âge de onze ans », clama Ruth.

Ils éclatèrent de rire et la tension électrique dans la pièce se diffusa aussitôt.

–Maman ? Papa ? leur lança Zack. On n'est pas obligés d'arrêter les travaux de la Tour, si ? C'est juste ceux du manoir ?

–Tout à fait, lui confirma sa mère. Le courrier parlait seulement de notre future activité commerciale.

–Est-ce qu'on pourrait demander aux ouvriers de se consacrer entièrement à la Tour dans ce cas ? On pourrait les aider, bien sûr !

–Ce serait formidable.

Son père avait approuvé si rapidement que Zack se demanda si ses parents n'avaient pas déjà eu l'idée d'eux-mêmes.

–Et on pourra l'ouvrir au public quand les aménagements seront terminés ? s'enquit Ethan. On ne ferait pas payer l'entrée, de toute façon.

–Sans oublier que des artistes pourraient exposer leur travail, ajouta Ruth. Encore une idée brillante de Zack.

–Oui, dit Ethan. Ce serait un endroit où on pourrait contempler le panorama et des œuvres d'art, ça n'aurait rien à voir avec notre « activité commerciale ».

C'était exactement ce que Zack avait en tête. Depuis l'instant où il avait déchiffré le message sur le médaillon, il se disait que la prochaine étape consistait à redonner à la Tour son aspect d'autrefois et à l'ouvrir au public. Ensuite, une fois que les gens seraient venus l'admirer, l'incantation pourrait être récitée, et ainsi, si la légende était vraie, une sorte de sentiment positif émanerait du bâtiment, et elle inspirerait ses visiteurs, elle arrangerait tout. Peut-être qu'Ann reviendrait, elle aussi, qu'ils pourraient oublier les tensions négatives qu'il y avait eues entre eux. Car si elle était, pour une raison mystérieuse, la fille que Horatio Cuvallo avait cherchée partout et qu'il attendait depuis des années, alors la Tour avait sans doute le pouvoir de les aider tous les deux. Miriam lui ôta les mots de la bouche :

– Il faut qu'on rouvre la Tour.

– Et pourquoi on n'organiserait pas une grande fête ? proposa Ethan.

– Oh oui, une célébration ! s'enthousiasma Ruth. Comme dans les livres !

Leur mère regarda leur père.

– On pourrait très bien, oui. Les travaux de la Tour sont presque terminés.

– Je suis partant, ajouta-t-il. Nous allons rouvrir la Tour !

Ruth avait pris son journal intime pour consulter le calendrier qu'il contenait.

– Dans deux semaines, on sera le samedi 17 août. Ça serait une bonne date.

– Je crois qu'on a besoin d'un peu plus de temps, objecta leur mère.

– Alors une semaine plus tard, ce qui tomberait le…

Elle s'arrêta, la mine sombre tout à coup, comme si elle venait de commettre une grave erreur et qu'elle regrettait de ne pas pouvoir retirer ce qu'elle avait dit.

– Le 24, murmura Miriam, l'air aussi grave.

– Soit un an tout pile après que Susan…

Ethan s'interrompit, et tous les membres de la famille échangèrent des regards. Ce fut Deborah qui rompit le silence.

– Eh bien, je crois que nous devrions justement retenir cette date. Le 24 août prochain, célébration à Vista Point.

– Deb, dit Morton d'un ton hésitant. Je pense qu'on devrait choisir une autre…

Elle ne lui laissa pas le temps d'aller au bout de sa phrase.

– Ça nous fera du bien, au contraire. Ce sera une façon d'honorer Susan, même. Un cadeau non seulement pour tous les gens du coin, mais aussi pour elle. Une commémoration.

Ethan regarda Zack, puis leur mère.

– Ce serait bien, oui. Un moyen de transformer cette journée en quelque chose de positif. Je crois.

– Mais ça voudrait dire qu'on ferait la fête ce jour-là, objecta Miriam. Ça me paraît un peu bizarre.

Elle pinça les lèvres et s'absorba dans ses pensées. Ensuite, elle se tourna vers Zack.

– Qu'est-ce que tu en dis, toi ?

Il était bien conscient qu'une année presque complète était passée depuis cette nuit terrible, et pourtant il ne s'était pas rendu compte que la date approchait aussi vite. Il ne savait pas très bien quoi penser de cette idée d'organiser une célébration le jour exact de l'anniversaire de cette tragédie. Toutefois, à mesure que la question de Miriam infusait en lui, la perspective de réciter cette incantation ce jour-là prenait soudain tout son sens. Il y avait une sorte de bien-fondé dans ce projet, qui lui donnait le sentiment que tout irait bien, que chaque chose serait enfin à sa place, qu'une forme d'ordre serait rétablie. Susan, Ann, l'incantation, peut-être même Horatio Cuvallo… Si la légende qui entourait Orland Wetherill possédait la moindre once de vérité, alors le 24 août était probablement le jour idéal pour la réouverture de la Tour.

– Je pense que c'est une date parfaite.

Leur père hocha la tête une fois, avec détermination.

– Le 24 août alors. Célébration à Vista Point.

Vingt-trois

PRÉPARATIFS

Deux semaines et quatre jours passèrent. Lundi arriva. Le samedi 24 était à l'horizon, et les Einstein étaient plongés dans la frénésie des derniers préparatifs pour s'assurer que la Tour serait prête pour la grande fête. Tous avaient l'impression que le jour J approchait bien plus vite qu'ils ne l'avaient anticipé. Des pluies diluviennes, inhabituelles pour la saison, étaient tombées la semaine précédente, retardant l'avancée de la rénovation du toit. L'installation électrique posait quelques difficultés, et un souci de plomberie risquait de les priver des fontaines à eau.

– Croisez tous les doigts ! dit Morton, alors que le compte à rebours avait commencé. Il ne reste plus que cinq jours. Les ouvriers me disent que tout fonctionnera pour samedi, et j'ai décidé de les croire. Pour le moment.

Les quatre enfants passèrent des heures chaque jour à rafraîchir la façade de la Tour, mais aussi à désherber le parking, à repeindre les lignes sur la route – des professionnels s'étaient chargés de la dégager et de la nettoyer juste après les grosses averses. Ils avaient aussi préparé des décorations – guirlandes et ballons – et des banderoles pour l'intérieur de la bâtisse, sans oublier des panneaux pour aider les visiteurs à se repérer. *Par ici les cookies!* ou *Une question? Cherchez une personne avec un tee-shirt bleu!*

L'une de leurs principales missions consistait à remettre, en main propre, des invitations à leurs voisins, ce qui leur valait de longues journées de marche. Leur mère les conduisait aux maisons plus éloignées et les attendait dans la voiture. Ruth avait suggéré de convier les gens qui vivaient dans le campement en pleine forêt, et ils partirent donc en expédition. Ils donnèrent le carton à la femme qu'ils avaient vue chanter avec son bébé, des semaines auparavant. Pour les six Einstein, ces journées-là étaient longues et bien remplies, mais personne ne se plaignait, car ils œuvraient tous au même objectif – et puis, ça leur évitait de penser à l'audience au tribunal début septembre.

Zack était aussi impliqué dans les tâches que son frère et ses sœurs. Il n'éprouvait plus le besoin de se retirer dans sa chambre ou de se tenir à l'écart des autres. Il mettait la main à la pâte dès la fin du petit déjeuner, et travaillait ensuite jusqu'au dîner. Les frères et sœurs prenaient parfois une pause pour un bain rapide ou pour tirer quelques paniers de basket; cependant, leurs journées étaient consacrées essentiellement à la Tour et au rangement du manoir – il ne s'agissait plus de le préparer pour accueillir des hôtes, mais d'en faire un domicile agréable pour leur famille. Zack se félicitait d'être aussi occupé: ça lui évitait de trop réfléchir.

Ann n'était pas réapparue depuis le matin où Zack avait discuté avec elle sur les marches de la Tour, et même s'il continuait à la chercher – par la fenêtre de sa chambre, dans la forêt, quand il traversait le pré –, elle n'était nulle part. Il descendait à la grotte un jour sur deux pour lui laisser des messages, mais il n'avait aucune certitude qu'elle les lisait, et si c'était le cas, elle ne lui répondait pas. Ce qui ne le surprenait pas, bien sûr. Son départ, la dernière fois, avait eu un caractère définitif. Il avait eu l'impression qu'elle avait été blessée par ses paroles et qu'elle ne voulait plus le voir. Il en avait déduit qu'il n'aurait sans doute pas l'occasion de la recroiser avant cette célébration. Et, peut-être, pour la dernière fois. Malgré tout, il était certain qu'elle viendrait. Elle n'avait pas le choix. Il n'aurait probablement pas d'autre occasion de l'aider, de l'accompagner vers la résolution de l'énigme qui semblait la préoccuper sans qu'elle en ait conscience.

Et si elle était vraiment perdue ? se disait-il, sans très bien comprendre ce que cela pouvait signifier. En tout cas, il espérait sincèrement la retrouver le 24. *Je pourrai l'aider*, se répétait-il pour se consoler chaque fois qu'il songeait qu'elle n'avait sans doute aucune envie de le voir.

Le lundi précédant la célébration, alors que les Einstein faisaient une pause pour le déjeuner, la factrice, Megan Rashid, s'était garée devant la maison, ainsi qu'elle l'avait fait près de trois semaines auparavant, pour remettre le recommandé provenant du tribunal. C'était Deborah qui était allée ouvrir. Elle était revenue, quelques instants plus tard, avec une enveloppe qui ressemblait en tout point à celle de la dernière fois. Elle affichait une mine indécise.

– Peut-être qu'ils annulent tout ! s'exclama Ethan alors que leur mère leur montrait le pli comme s'il s'agissait d'un petit colis exotique tombé du ciel.

Elle semblait se demander s'il leur était vraiment destiné, à Morton et elle.

– S'ils avaient pris cette décision, dit celui-là, ce serait une excellente nouvelle.

Il inclina la tête vers le courrier.

– Tu satisfais notre curiosité, Deb ?

Elle ouvrit l'enveloppe, et elle conserva une expression si indéchiffrable pendant qu'elle lisait la lettre que Miriam s'impatienta.

– Alors, maman ? C'est positif ou négatif ?

– Eh bien... ni l'un ni l'autre, en fait. Je ne sais pas très bien.

Elle confia la correspondance à son mari avant d'ajouter :

– Ils désirent avancer un peu l'audience, ce qui était une de nos requêtes. Pour éviter de repousser les travaux à une date trop lointaine. Apparemment, ils ont accepté.

Le visage de Morton était impénétrable. Il se pencha vers la feuille comme s'il avait du mal à déchiffrer un détail.

– Vous voulez dire qu'on n'aura pas à attendre septembre ? demanda Ethan.

Sa mère hocha la tête. Son père était complètement absorbé par le courrier. Dans le silence qui se forma autour de lui, il finit par relever le regard.

– Alors, elle aura lieu quand ? lui lança Ruth.

Comme s'ils s'étaient mis d'accord, ses parents lui répondirent d'une seule voix :

– Vendredi prochain.

– La veille de la célébration ? dit Zack.

– Apparemment, confirma Deborah.

– C'est... c'est... c'est impossible ! bredouilla Miriam. Avec tous les préparatifs qui nous restent encore ?

– La veille, c'est dingue, soupira Ethan. Quelle poisse...

Leur mère reprit le courrier et le posa sur la table.

– Espérons que l'issue de cette audience sera favorable. La fête du lendemain sera une occasion de célébrer le début de notre nouvelle aventure...

– Oui, poursuivit leur père. Une occasion d'afficher notre plus beau sourire dans l'adversité. Samedi, nous organiserons peut-être notre premier et dernier événement.

Les jours suivants, Zack fut tenté – comme souvent depuis qu'il avait déchiffré le message sur le médaillon – d'aller se poster sur le perron de la Tour pour réciter l'incantation. Il avait la certitude que cela arrangerait tout. Mais il avait aussi la certitude qu'il était censé attendre la célébration et la réouverture officielle du bâtiment. Il ne cessait d'imaginer cette journée – la foule de visiteurs, les décorations, le buffet de nourriture. Sa mère et Ethan se chargeraient des cookies, des œufs mayonnaise et des plateaux de crudités et de fruits. Ils avaient même acheté quelques miches de *hallah*, ce pain brioché traditionnel de shabbat, qu'ils mangeaient le vendredi soir. Ruth et Miriam avaient perfectionné leur punch au citron vert. Elles avaient aussi pour mission de préparer des assiettes de fromages et de crackers. Il y aurait un trio de musiciens : Rydell, à la clarinette, accompagné de deux de ses amis, à la trompette et à la batterie. Deborah et Morton avaient rédigé un discours qu'ils n'avaient pas encore lu aux enfants. Les Einstein avaient pris la décision collective, après de nombreuses discussions, d'aller se poster sur les marches du perron de la Tour pour réciter l'incantation avant l'arrivée de leurs invités. Zack était convaincu que, dans ces circonstances, la journée serait forcément une réussite. Voilà pourquoi il se retint de prononcer les paroles du médaillon avant le jour J.

Le sujet qui les préoccupait tous, en dehors des ultimes préparatifs, était cette audience. Morton et Deborah se faisaient du souci depuis le premier courrier, bien sûr, mais ils avaient choisi de s'en inquiéter après la célébration. Maintenant que tout était chamboulé, ils devaient se consacrer à cette audience en priorité, et laisser leurs enfants penser à la fête.

Le mercredi, leur père leur annonça :

– Le jour venu, nous dirons, votre mère et moi, ce que nous avons à dire, puis ce sera au juge de décider.

Leur mère haussa les épaules avec fatalisme.

– Nous ne pouvons rien faire de plus.

Le vendredi arriva. Une demi-heure avant midi, alors que les enfants se répartissaient les ultimes missions – préparation de cookies pour Ethan, accrochage de banderoles dans la Tour pour Miriam et Zack, rédaction des cinquante dernières cartes de remerciement pour Ruth –, leurs parents vinrent les trouver dans le salon.

–Voilà, nous y allons, leur dit leur père.

Il portait un costume marron qui ne lui allait pas, et qu'il réservait aux mariages et aux bar-mitsva. Il avait l'air très mal à l'aise dedans. Son expression fatiguée et crispée n'aidait pas.

–Ne vous sentez pas obligés de tout finir, ajouta leur mère.

Elle parlait avec un calme inhabituel. Elle était vêtue d'une robe bleue dans laquelle ils la voyaient rarement.

–Nous espérons être rentrés pour le dîner au plus tard, mais ça ne dépend pas vraiment de nous, poursuivit-elle.

–Nous sommes attendus à 13 heures, précisa leur père.

Les quatre enfants se levèrent pour aller, un par un, les serrer dans leurs bras.

–Bonne chance, dit Ruth.

–Je suis sûre que le juge décidera qu'il n'y a aucun problème, les rassura Miriam.

–On s'occupe de tout, ici, compléta Ethan. Ne vous inquiétez pas.

Zack s'approcha.

–Maman ? Papa ?

Tous les regards se tournèrent vers lui. Ils se demandaient ce qui allait bien pouvoir franchir ses lèvres.

–Vous rêvez d'être des parents formidables ? Ou comment convaincre le juge et tous les gens du tribunal.

Un silence surpris suivit. Zack, qui n'était pas certain de réussir à faire la blague qu'il avait préparée, craignit d'avoir commis un impair. Puis tout le monde éclata de rire, et il reçut des tapes sur les épaules.

– Tu nous as bien eus, Zack ! s'exclama son père. Je m'attendais à tout sauf à ça !

Il regarda ses deux parents avec un sourire.

– En vrai, ce que je voulais vous dire, c'est que j'espère que tout se passera bien.

Après un silence, il ajouta :

– Et je vous aime.

Vingt-quatre

CÉLÉBRATION À VISTA POINT

Les enfants Einstein commencèrent à s'inquiéter en voyant que leurs parents n'étaient toujours pas de retour à 18 heures. Lorsqu'ils finirent par entendre la voiture se garer, puis la porte d'entrée s'ouvrir, ils se précipitèrent. Impossible de tirer la moindre conclusion à partir des têtes de leurs parents.

–Alors ? les pressa Ethan. Comment ça s'est passé ?

–Vous rentrez tard, insista Miriam.

–Sacrée journée, soupira leur père en se passant une main dans les cheveux.

–Et ? demanda Ruth. Quel est le verdict ?

–C'est tout le problème, dit leur mère en se laissant choir sur le canapé pour retirer ses chaussures. On ne sait pas. Le tribunal n'a pas encore pris sa décision. Contrairement à ce que nous pensions.

–Contrairement à ce que nous espérions, rectifia leur père. Nous n'avions pas compris que le juge souhaitait d'abord obtenir des informations complémentaires. Pour pouvoir statuer.

– Il n'a pas pris sa décision ? clarifia Miriam. Du tout ?

– Du tout, confirma leur mère.

– Mais c'est injuste, déplora Ethan. Vous avez passé votre journée au tribunal, après une semaine à vous ronger les sangs, et on n'aura pas de réponse avant… on ne sait même pas combien de temps ?

Leur mère s'affaissa lourdement dans le canapé et soupira.

– C'est comme ça, Ethan. Le plus dur est fait, au moins. Nous avons dit ce que nous avions à dire, le juge nous a écoutés. Il ne nous reste plus qu'à attendre.

Leur père se releva pour poser sa veste de costume sur le dossier du fauteuil le plus proche.

– Et à nous remettre au travail, dit-il. Je vais me changer, puis nous allumerons les bougies de shabbat, nous réciterons les prières et, si vous n'avez pas encore dîné, nous mangerons un petit bout. Ensuite… au boulot !

Ses enfants le considéraient d'un air ahuri. Son humeur s'était modifiée en un battement de cils, et ils étaient surpris, mais ravis, de le voir aussi enthousiaste.

– Je vous rappelle, ajouta-t-il, qu'une grande célébration nous attend demain.

Le matin arriva. La fête devait commencer à 13 heures, si bien qu'à midi sonnant – une fois le buffet et les décorations installés – les six membres de la famille Einstein prirent un déjeuner sur le pouce, enfilèrent leurs tee-shirts bleus sur lesquels on pouvait lire *Célébration de Vista Point 2002!*, et traversèrent d'un pas déterminé le pré jusqu'à la Tour. C'était une belle journée chaude, sans vent, avec un ciel parfaitement dégagé. Le parfum lointain de mûres chauffées par le soleil de la fin de l'été leur parvenait, et se mêlait à celui de l'herbe sèche autour d'eux. Le bourdonnement familier et presque imperceptible résonna dans les oreilles de Zack à l'approche de la Tour. Il n'avait jamais réussi à comprendre si ce bruit provenait du fleuve, des cascades, des insectes ou simplement de l'air, mais cette vibration l'apaisait. Il se concentra sur ce son.

Personne ne disait un mot. Ils partageaient tous le même sentiment de recueillement, l'impression que quelque chose d'important allait se jouer, tandis qu'ils atteignaient le bâtiment de pierre à l'extrémité du promontoire. Ses fenêtres, au complet désormais, brillaient, et son toit métallique couleur bronze luisait au soleil. Ils allèrent se placer devant l'entrée. Le fleuve formait un ruban bleu étincelant à leurs pieds. Zack fouilla du regard la forêt sur la rive nord, se demandant si Horatio s'y trouvait, s'il se préparait, peut-être, à prendre le volant pour venir ici, songeant à Ann, aux Einstein et à la chance que cette journée représentait pour lui.

Les six Einstein s'arrêtèrent au bas des marches et observèrent les alentours. Ils pressentaient que quelque chose était sur le point d'advenir.

Morton tendit une main à Deborah.

– Tu viens ?

Ils gravirent les marches.

– Les enfants ? ajouta-t-il.

Ils montèrent eux aussi.

Ils se postèrent devant les portes de la Tour, éclairées par les rayons du soleil. Ils échangèrent des regards où se mêlaient émerveillement, doute et tendresse; ils ignoraient ce que l'avenir leur réservait, mais ils étaient heureux d'être ensemble.

–Les sept Einstein, dit soudain Deborah, d'une voix si déterminée que Zack sursauta. Morton, Deborah, Ethan, Miriam, Ruth, Zack et Susan. Nous sommes sept, ensemble, pour toujours. Quoi qu'il advienne.

–Nous avons perdu l'une des nôtres il y a un an, ajouta Morton. Ou plus précisément la part d'elle que nous pouvions voir, entendre et toucher. Mais nous avons conservé l'essentiel.

Il posa une main sur son cœur.

–Ici, dit-il, nous chérissons son souvenir. En nous, son amour demeure vivant. Ainsi, nous ne la perdrons jamais.

–Cela fait un an, exactement, reprit Deborah. Et je crois qu'aujourd'hui, à cet instant précis, ici, Susan a trouvé un moyen de nous rejoindre, d'être parmi nous.

Elle tendit une main à son mari et l'autre à son fils aîné. Le reste de la famille l'imita, et ils formèrent un cercle, yeux fermés, tête baissée.

–Elle ne se perdra jamais. Et nous non plus, tant que nous pourrons compter les uns sur les autres.

Le silence se prolongea un instant, puis Morton dit:

–Zack, c'est toi qui as déchiffré l'incantation. Tu veux bien la réciter ?

Une vague d'émotions mêlées – appréhension, espoir, tristesse et excitation tout à la fois – balaya Zack, plus puissante que tous les sentiments inhabituels et déstabilisants qui l'avaient rongé ces douze derniers mois. Il garda les yeux fermés, et identifia de nouveau le bourdonnement dans sa tête. Soudain, une image de Susan surgit dans son esprit : elle posait sur lui un regard simple et sincère, tout en lui souriant.

Une brise légère se leva.

– « Ce lieu est pur », récita-t-il, les mots lui venant avec douceur, mais aussi avec la plus absolue des certitudes, « nos cœurs sont riches, et précieuse est notre vie. »

Il s'interrompit brièvement, et serra plus fort les mains de Miriam et de Ruth avant de terminer.

– « Dans le court temps qui nous est imparti, dit-il alors que la brise lui caressait le visage, veillons à faire le bien. »

Un silence parfait enveloppait la famille Einstein.

– « Veillons à faire le bien », répéta Miriam.

– « Veillons à faire le bien », répétèrent Ruth, puis Ethan, et leurs parents, l'un après l'autre.

Ils rouvrirent les yeux et, se tenant toujours par la main, observèrent autour d'eux.

– J'ai senti quelque chose, murmura Ruth.

– Moi aussi, confirma Ethan. Une sorte de vent léger sur mon visage.

– Oui, approuva Miriam. Au moment de réciter les mots.

Elle se tourna vers Zack, comme eux tous, et il s'empressa de hocher la tête.

– Ça m'a fait pareil. Je crois qu'elle… Je crois que Susan…

Il serra les mains de ses sœurs.

– Il s'est passé quelque chose, dit-il.

Il vit leurs parents échanger un regard, entre l'émerveillement et le plaisir, et il eut la certitude qu'ils avaient senti cette chose, eux aussi, cette présence, ce signe, cette manifestation dont ils étaient incapables de définir la nature, mais qui parlait à leurs cœurs.

Ils attendirent un long moment avant de se lâcher la main. Morton ajusta son tee-shirt et, avec un sourire tendre, lança :

– C'est l'heure de la célébration de Vista Point. Je crois que nous sommes prêts.

À la surprise générale, Deborah bondit au pied des marches et s'éloigna en trottinant.

– Allons terminer les préparatifs. Nos invités ne vont plus tarder !

– Maman court ? s'étonna Miriam, qui observait sa mère avec autant de surprise que si elle se livrait à une danse exotique.

– On dirait bien, lui répondit son père, qui descendit les marches en sautillant. Et je fais pareil ! Venez !

À 13 h 30, le parking au sud-ouest de la Tour était plein aux trois quarts ; au moins cent cinquante personnes tournaient autour du bâtiment historique, admiraient la vue du promontoire, ou profitaient des rafraîchissements disposés sur des tables à tréteaux. Le trio de Rydell venait de commencer à jouer. Ruth était installée derrière une table dans l'entrée de la Tour, pour accueillir les visiteurs et les inviter à signer l'immense livre d'or qu'elle avait apporté. Munie de deux drapeaux rouges, Miriam orientait les voitures des nouveaux arrivants. Ethan, quant à lui, tenait un stand sur lequel on pouvait lire : « Interrogez-moi sur l'histoire et la géographie des environs. » Il se chargeait d'expliquer les circonstances de la création du bâtiment à une quinzaine de personnes. Deborah et Morton, eux, se trouvaient derrière un pupitre au pied des marches de la Tour, et ils saluaient tous leurs hôtes – des voisins qu'ils avaient déjà croisés ou qu'ils rencontraient pour la première fois. Zack, enfin, aidait Juanita pour qu'il y ait suffisamment de nourriture et de punch sur le buffet. Le niveau de ce dernier baissait rapidement avec les températures de plus en plus chaudes. Tout en prenant sa mission très au sérieux, Zack continuait à guetter Ann. Il ne voyait pourtant que des hordes de curieux qui s'étaient déplacés pour admirer la Tour et célébrer sa réouverture. Il chercha aussi Horatio dans la foule, en vain. Il reconnut l'un des hommes du campement dans la forêt, accompagné de la femme qui chantait. Elle était venue avec son bébé et plusieurs personnes, qui se mêlaient aux autres sans aucune difficulté.

À 14 h 15, une fois que Rydell et ses musiciens eurent mis un peu d'ambiance avec des morceaux au tempo enlevé, Morton se plaça derrière le pupitre et prit sa grosse voix pour attirer l'attention.

– Est-ce que vous voulez bien tous vous asseoir ? demanda-t-il en indiquant les neuf rangées de chaises pliantes disposées face à lui. Si vous ne trouvez pas de siège, je vous invite à vous mettre debout derrière.

Il se tourna vers l'intérieur de la Tour.

– Ruth, tu peux dire aux gens de sortir ? Merci.

Il fallut quelques minutes pour que son public prenne place, et bientôt près de deux cents personnes étaient face à Morton et Deborah, prêtes à entendre ce qu'ils allaient leur dire.

– Bonjour à tous, dit-elle avec un petit geste de la main. Nous ne nous attendions pas à autant de monde, et nous sommes enchantés que vous soyez tous là. Bienvenue à la célébration de Vista Point, qui pourra, nous l'espérons, avoir à nouveau lieu dans les années futures. Nous sommes ici pour fêter ensemble la réouverture de l'ancienne étape de Vista Point, que nous appelons entre nous la Tour !

Elle désigna le bâtiment dans son dos, et tout le monde applaudit. Zack s'était placé sur le côté, à un endroit où il pouvait voir ses parents et admirer l'édifice.

– Nous tenons à remercier plusieurs personnes, sans qui cette journée n'aurait pas été possible, reprit Deborah.

Elle cita tous les ouvriers, ainsi que certains membres du voisinage qui avaient apporté leur aide, sans oublier les enfants, un par un. Puis Morton prit la suite. Il raconta en quelques mots l'histoire de la Tour et les travaux de rénovation entrepris. Il expliqua aussi que sa femme et lui allaient, avec la bénédiction de l'association culturelle, se charger désormais de l'entretien du bâtiment – voire qu'ils allaient en devenir propriétaires. Tout le monde l'écoutait attentivement. Zack restait aux aguets, mais il n'y avait pas eu de nouvelle arrivée.

– Cette nouvelle entreprise s'est, je dois bien l'avouer, accompagnée de quelques difficultés. C'est sans doute parfaitement naturel, et nous espérons qu'elles seront levées très rapidement. Ce que nous avons appris, en nous embarquant dans cette aventure, c'est que cette Tour était autrefois un lieu où les gens aimaient se réunir et prendre du bon temps. Avec ma femme et nos enfants – enfin, c'est surtout eux qui ont eu l'idée, et même plus particulièrement notre dernier, Zack –, nous aimerions faire de la Tour un endroit dédié aux artistes et artisans locaux, où ils pourraient exposer leurs œuvres. Et peut-être les y vendre, si nous en obtenons l'autorisation. En tout cas, s'il y en a parmi vous que cette idée séduit et qui veulent nous apporter leur aide, n'hésitez pas à venir nous trouver.

Plusieurs personnes dans le public se manifestèrent, et bientôt on entendit un tonnerre d'applaudissements. Deborah échangeait un regard complice avec Morton, lorsque l'attention générale fut attirée par le bruit d'une camionnette qui approchait visiblement beaucoup trop vite. Son moteur fracassant troublait la paix de cet après-midi estival. Pendant que son conducteur se garait sur le parking, Morton reprit la parole. Zack, lui, resta concentré sur le véhicule. Horatio Cuvallo en descendit. Il portait son pantalon en velours et sa chemise en flanelle, comme si on était en automne et non à la fin du mois d'août.

Zack croisa le regard de Ruth, qui se trouvait à l'opposé de lui, sur la même rangée. Elle semblait se dire : *Espérons qu'il ne va pas faire de grabuge.* Il pensait exactement la même chose.

–Et nous comptons garder la Tour ouverte, disait leur père, pour permettre aux visiteurs et aux touristes de profiter de la vue. Nous sommes fiers de pouvoir la rendre accessible, et de montrer ainsi notre attachement à la communauté de Vista Point, dont vous faites tous…

Il se mit à bégayer, et Zack comprit qu'il venait d'apercevoir Horatio, qui était allé se poster un peu en retrait du public, mains sur les hanches, et lui lançait un regard de défi.

–Voilà, j'ai tout dit, conclut Morton. Nous sommes impatients de faire plus ample connaissance avec vous tous, de devenir vos amis.

–Merci pour votre accueil, ajouta Deborah.

Les applaudissements reprirent.

Une petite femme aux cheveux blancs, en élégant tailleur rouge, assise au milieu du public, leva la main.

–Puis-je dire quelque chose ?

–Madame Ollennu, répondit Deborah, merci pour votre présence.

–Pour ceux qui ne le savent pas, je suis en effet Ami Ollennu, reprit-elle en saluant les membres de l'assemblée d'un geste de la main.

Elle avait un sourire chaleureux, et beaucoup semblaient la connaître.

–Je travaille à la mairie, expliqua-t-elle. Et ça me fait très plaisir de croiser autant de visages familiers par cette magnifique journée.

–Nous sommes ravis de vous compter parmi nous, lui dit Morton. Vous aviez une question à nous poser ?

–Pas une question, répondit-elle d'une voix mystérieuse, plutôt un commentaire, ou plus exactement une précision à apporter sur la situation.

Elle balaya le public du regard.

–M. et Mme Einstein étaient convoqués au tribunal administratif, pour l'examen d'un ancien règlement. Il était nécessaire d'étudier la légalité de l'ouverture de chambres d'hôtes à leur domicile, ce qui s'apparente à une activité commerciale, pour dire les choses de façon plus technique. L'audience s'est prolongée jusqu'à une heure avancée hier, et le juge Walsh a remis son verdict à la semaine prochaine. Cependant, après le départ des Einstein, le juge a eu le temps d'analyser les derniers éléments et de prendre sa décision. Il m'a chargée de la leur transmettre aujourd'hui.

Elle se tourna vers Deborah et Morton.

–Je comptais vous parler en privé un peu plus tard, mais il me semble finalement qu'il n'y a aucune raison d'attendre.

Elle sortit une feuille de la poche de sa veste rouge et la déplia. Puis elle récupéra ses lunettes dans la poche poitrine de sa chemise blanche et prit le temps de les mettre. L'impatience dévorait Zack, et la lenteur de cette femme tenait du supplice. Elle finit par se racler la gorge et prendre la parole.

–Je vais donc vous faire lecture du jugement officiel.

Elle se racla une seconde fois la gorge et poursuivit d'une voix plus forte:

–«La cour ne voit aucun obstacle au commerce de chambres d'hôtes tel qu'envisagé par M. et Mme Einstein, résidant à l'adresse mentionnée en annexe du présent document. Ils ont, par conséquent, toute liberté de reprendre les travaux engagés dans ce but, sans délai et sans restriction, et ce en accord avec les lois et règlements de ce comté.»

– Nous sommes autorisés à ouvrir ? demanda Morton, les yeux écarquillés par la surprise.

– Oui, lui dit Mme Ollennu.

Cette réponse fut accueillie par un nouveau tonnerre d'applaudissements et de sifflements. Zack se tourna vers le spectateur le plus proche de lui, un homme qui devait avoisiner les 80 ans, mais qui avait la plus belle tignasse blanche que Zack eût jamais vue, et lui tapa dans la main. Ses parents s'étaient jetés dans les bras l'un de l'autre, et tout à coup il sentit Miriam l'attirer contre elle.

– L'incantation, Z ! L'incantation a dû marcher !

Tous les visiteurs se réjouissaient pour eux, ils souriaient en regardant la Tour et les parents de Zack, à moins qu'ils ne fussent simplement contaminés par l'humeur gaie et festive de cette journée. Miriam avait raison : le charme avait opéré. L'aura de bienfait qui émanait de la Tour se diffusait dans le public d'une façon inexorable.

Zack chercha aussitôt Ann autour de lui : le moment était parfait pour qu'elle fasse son apparition. Ses yeux se posèrent sur Horatio Cuvallo, toujours au même endroit, qui avait baissé le visage de colère. Il semblait sur le point d'exploser. Zack en conclut que le pouvoir de la Tour n'était pas absolu et qu'il n'avait pas agi sur tout le monde.

– Un instant ! cria Horatio, d'une voix si tonitruante qu'elle imposa le silence général.

Les conversations légères et joyeuses qui avaient suivi l'annonce d'Ami Ollennu s'interrompirent brusquement, et tout le public riva son attention sur Horatio, qui considérait d'un air de défi les parents de Zack.

–Monsieur Cuvallo, lança Morton dans le silence de mort, quel plaisir de vous voir vous joindre à nous aujourd'hui. Vous avez une déclaration à faire ?

Horatio pointa un index accusateur sur les Einstein, et Zack eut soudain la certitude que quelque chose de grave allait se produire.

–Un peu que j'ai une déclaration à faire ! C'est une erreur ! Vous n'avez pas le droit de monter une affaire ici. Cette propriété m'a été volée il y a des décennies de cela, et la décence voudrait que vous renonciez à l'idée de gagner de l'argent avec ce qui était autrefois ma maison.

–Laisse-les tranquilles, Horatio ! lui cria quelqu'un.

Le vieil homme accusa le coup et chercha l'auteur de ces paroles dans le public.

–Jamais de la vie ! La justice s'est peut-être rangée de leur côté, mais moi je vous parle de moralité. De bien. Ils débarquent ici et prennent tout. C'est mal.

–Ce n'est pas le moment, Horatio.

Cette fois, Zack sut qui avait prononcé ces mots. Juanita Bigelow.

–Nous sommes tous venus célébrer cette journée, ajouta-t-elle.

–Dans le lieu où ma vie a été brisée ? Ici ? Est-ce que quelqu'un mesure…

Il s'interrompit brusquement. Zack crut que sa colère avait fini par le submerger et qu'il n'arrivait plus à parler. Pourtant, il remarqua que tout en Horatio avait changé : son expression, sa posture. Alors qu'un instant plus tôt il semblait consumé par la rage, il n'était soudain plus qu'un homme frappé par l'étonnement, bouche ouverte, épaules avachies.

Zack se tourna pour découvrir ce qu'il avait vu. Devant les portes de la Tour, et juste derrière ses parents, se tenait Ann, souriante. Il n'eut pas la présence d'esprit de se demander comment elle s'était retrouvée là, à cet endroit précis, qui la rendait visible de tous. Il était trop frappé par le calme qu'elle affichait, comme s'il n'y avait rien de plus naturel pour elle.

– Ann ?

Ce prénom lui échappa avant qu'il n'ait pu le retenir.

Elle lui fit signe de la main, et son sourire s'élargit. Puis elle reporta son attention sur Horatio, et elle leva le bras plus haut, pour l'agiter avec plus d'insistance.

Horatio était pétrifié sur place.

– Est-ce que ça va ? lui cria Rydell.

Horatio ne lui répondit pas – il ne semblait même pas l'avoir entendu. Il pointa à nouveau son index, qui n'avait rien d'accusateur cette fois, sur Ann.

– Ma fille ! hurla-t-il.

Elle disparut à l'intérieur et il se précipita dans sa direction.

Vingt-cinq

LE SECRET ET L'INCANTATION

L'espace d'un instant, Zack crut bien que Horatio allait renverser son père dans sa hâte à pénétrer dans la Tour. Pourtant, il le contourna comme si ce n'était qu'un obstacle sur sa route. Zack lui emboîta le pas, lentement d'abord, puis de plus en plus vite. Il gravit les marches quatre à quatre.

–Stop ! lui cria son père, qui fixait les portes de la Tour d'un air ahuri.

Il ne comprenait pas ce qu'il venait de se passer.

–C'est Ann, lui expliqua Zack. La fille dont je vous ai parlé. Mon amie.

–Comment ça ? s'étonna sa mère. Qu'est-ce qu'il se passe ?

Zack ne prit pas le temps de lui répondre et s'engouffra dans la Tour. Ann et Horatio se faisaient face dans la délicate lumière tamisée. Ils semblaient tous deux avoir du mal à en croire leurs yeux.

–C'est bien toi ? murmura Horatio.

Elle hocha la tête.

–Oui. Je suis revenue… Il m'a aidée, ajouta-t-elle en montrant Zack.

Horatio se tourna vers lui sans comprendre.

–On s'est rencontrés ici, expliqua Zack. Dans la Tour.

–Mais enfin… comment ? demanda Horatio. Que fais-tu ici, Ann ?

Elle lui sourit avec tendresse, puis lui tendit la main.

–Je voulais que tu saches que je vais bien, papa.

–Papa ? répéta Zack, pris d'un vertige subit.

–Oui, c'est mon père, lui confirma-t-elle.

–Je ne comprends pas…

Une ombre apparut sur le sol, et Zack découvrit son père.

–Est-ce que tout va bien ? lui demanda-t-il.

–Oui, papa.

–Je crois que tu devrais…

Horatio se tourna alors vers Morton, les yeux brillants.

–Ma fille… ma fille…

Morton secoua la tête d'un air interdit.

–Je ne comprends rien à ce que vous dites, mais si vous…

Horatio se détourna pour se concentrer sur Ann. Il s'agenouilla et la serra contre lui, versant à présent de grosses larmes.

–Ann, Ann, Ann… Je pensais que je ne te reverrais plus jamais.

Morton rejoignit sans un bruit Zack et posa une main sur son épaule.

– Que fait-il ? lui chuchota-t-il à l'oreille. À qui parle-t-il ?

À cet instant précis, Zack comprit. Enfin, peut-être pas tout, mais l'essentiel. Il observa Ann et son père, tout à leur étreinte, comme s'il n'y avait ni passé ni futur, simplement le présent, ce moment où la tristesse qui l'avait précédé et l'incertitude qui lui succéderait n'existaient pas, car elles n'avaient aucune importance au regard de cet instant.

– Je pensais que je ne te reverrais plus jamais, répéta Horatio.

Ann se contentait de serrer son père contre elle. Ils avaient tous deux les yeux fermés, pour se couper du reste du monde.

Zack sentit que son père lui caressait l'épaule. Il invita son fils, d'un mouvement de la tête en direction des portes, à sortir. Zack jeta un dernier regard en arrière, mais Ann et Horatio n'avaient pas bougé. Il accompagna son père dehors, où ils retrouvèrent le soleil.

Les visiteurs s'étaient levés pour discuter entre eux, profiter du buffet ou admirer la vue depuis le promontoire. Rydell et ses musiciens s'étaient remis à jouer. Deborah avait dû annoncer que les discours étaient maintenant terminés, et que tout le monde pouvait retourner s'amuser. Elle se précipita à la rencontre de Zack, suivie de près par le reste de la fratrie. Tous les membres de la famille Einstein le considéraient avec perplexité.

– Qu'est-ce qu'il y a ? demanda Miriam. Pourquoi a-t-il mentionné sa fille ?

Zack ne savait pas par où commencer ses explications, et heureusement, son père s'en chargea.

–Ce qu'il se passe en ce moment dans la Tour est très fort et tellement incroyable que les mots me manquent. Zack a peut-être une idée un peu plus précise de ce qu'il arrive, même si ça risque d'être difficile pour lui de nous en parler.

–Je l'ai vraiment vue, dit Zack. Ann. Ma nouvelle amie.

Il regarda, derrière lui, les portes de la Tour, que son père avait fermées.

–Elle est la fille de Horatio. Je ne comprends pas pourquoi elle est encore une enfant alors qu'il est, lui, très vieux, mais c'est sa fille. Il est parti à la guerre il y a très longtemps et… Oh, je ne sais pas comment vous raconter toute l'histoire. Elle m'a confié que son père lui avait dit de se rendre à la Tour si, un jour, elle se perdait. Il avait promis de lui envoyer un message avec des signaux lumineux.

–En morse ? demanda Ethan. Tu veux dire que Horatio essayait de contacter sa fille ?

–Mais comment aurait-elle su quand venir ? lança Miriam.

–Et comment aurait-il pu être sûr qu'elle les verrait ? ajouta Ruth. Surtout, comment peut-il être son père si elle est plus jeune que toi ?

Après avoir échangé un regard avec leur père, leur mère intervint :

–Les Bigelow nous ont dit que la fille de Horatio était partie il y a longtemps, non ?

Zack secoua la tête tant il avait les idées embrouillées.

–Je ne sais pas comment vous répondre, je ne comprends pas tout, mais…

Les portes de la Tour se rouvrirent, et Horatio sortit. Il semblait étourdi, comme s'il venait de réchapper d'un accident, ou d'être témoin d'une catastrophe, et avait du mal à croire qu'il était encore en un seul morceau. L'expression de son visage était si douce qu'il en était transformé. C'était un autre homme que celui avec lequel les Einstein avaient fait connaissance. Toute sa colère s'était dissipée.

–Monsieur Cuvallo, tout va bien ? s'inquiéta Deborah.

Il considéra Zack et, paraissant lire dans ses pensées, lui dit :

–Elle m'a chargé de te faire ses adieux.

–Ses adieux ? répéta Zack. Elle n'est plus là ?

–Elle est restée un moment. On a pu parler pendant deux minutes, puis elle m'a annoncé qu'elle devait partir. Je l'ai serrée une dernière fois contre moi, et elle s'est envolée.

Pris de panique, Zack s'approcha pour jeter un coup d'œil à l'intérieur. La Tour était vide – il n'y avait personne, même dans l'escalier qui menait à la galerie au premier étage. Pendant ce temps-là, Morton s'était ressaisi.

–Est-ce que vous voulez vous asseoir ? proposa-t-il à Horatio.

Celui-ci ne répondit rien, mais rejoignit Zack et s'affala sur une chaise à l'intérieur de la Tour. Les Einstein s'y engouffrèrent avant de refermer derrière eux.

–Ann et sa mère, mon ex-femme, Janet, m'ont quitté en 1966, commença-t-il à expliquer.

–Rien ne vous oblige à en parler maintenant, monsieur Cuvallo, lui souffla Deborah. Vous êtes en état de choc.

Horatio ferma brièvement les yeux avant de lever une main, comme pour dire qu'il souhaitait poursuivre.

–C'est à cause de moi qu'elle est partie. Si je veux être honnête. Elles se sont installées dans le Sud, et nous avons rapidement perdu le contact. Je me suis engagé dans l'armée pour tenter de tout oublier. Je suis parti au Vietnam. C'est une longue histoire, mais j'ai été porté disparu, et j'imagine que mon ex-femme en a été informée. Elle m'a cru mort et, à mon retour aux États-Unis, j'ai décidé de ne pas la détromper. Il valait mieux que je leur épargne, à Ann et elle, mes problèmes. Ma fille vient de m'apprendre qu'elle me pensait décédé depuis des années. Sa mère aussi. Elle a ajouté qu'elles avaient eu une vie heureuse, et ça m'a soulagé. Je me suis toujours interrogé, sans oser vraiment chercher de réponse.

Il posa une main sur son front et ferma de nouveau les yeux.

–J'ai gâché tellement d'années… Je peux enfin le dire.

La Tour devint silencieuse.

–Je ne comprends pas, finit par dire Zack. Si Ann est votre fille et qu'elle est partie il y a très longtemps…

–Elle est morte, le coupa Horatio en rouvrant les yeux.

–Morte ? balbutia Zack d'une voix frémissante. Enfin, je l'ai vue plusieurs fois. À la Tour et dans la forêt. Elle m'a même emmené dans la grotte que vous lui aviez montrée.

Une lueur s'alluma dans le regard de Horatio, et une ébauche de sourire étira ses lèvres.

–Elle te l'a montrée ?

–À côté de la vieille souche. Et elle m'a expliqué que vous lui aviez dit de se rendre à la Tour si elle se perdait.

Il considéra tour à tour ses parents, son frère et ses sœurs.

–Elle n'est pas morte, insista-t-il. Je l'ai vue, et on a parlé de tas de choses.

Horatio hocha lentement la tête.

–Elle vient de me le raconter. Elle a quitté ce monde il y a un peu plus de deux mois. C'est exactement à ce moment-là que j'ai éprouvé le besoin subit d'envoyer mes signaux lumineux, comme je le lui avais promis voilà des années et des années. Je ne m'expliquais pas pourquoi c'était devenu une nécessité, tout à coup, mais tout s'éclaire enfin.

Il se toucha une fois encore le front.

–Elle a succombé à un cancer au milieu du mois de juin. Elle avait 45 ans, et sa dernière volonté, c'était de me rassurer. De réapparaître telle que je me souvenais d'elle et de me retrouver. Elle a réussi. Il a fallu cela pour qu'elle se rappelle qui elle était vraiment et ce qu'il lui était arrivé. La mémoire lui est revenue à l'instant. Juste avant, elle croyait sincèrement être une petite fille de 9 ans. Ma petite fille.

–Vous voulez dire… que c'était… c'était…

Miriam se tourna vers Ruth.

–Son esprit est revenu ici, lui dit sa plus jeune sœur.

Ethan se tourna vers Zack.

–Et toi, tu l'as vue ? Pour de vrai ?

Il hocha la tête. Horatio tendit une main vers lui. Sa première réaction fut de s'écarter, avant de comprendre que l'homme ne lui voulait aucun mal. Il accepta sa main.

–Je tiens à te remercier. Elle m'a dit combien tu avais été gentil avec elle. Elle m'a dit qu'elle pensait que c'était toi qui, en un sens, lui avais permis de venir dans cet endroit dont je lui avais toujours parlé. Elle a ajouté que toi aussi tu étais à la recherche de quelqu'un, quelqu'un qui s'est perdu, et que c'est grâce à ça qu'elle a pu arriver jusqu'ici.

–Susan, comprit Morton. La sœur de Zack. Notre plus jeune fille.

–Elle est décédée il y a un an, précisa Deborah. Jour pour jour.

–J'ignorais ce qu'était devenue ma fille, reprit Horatio, et elle croyait que j'étais mort. Maintenant, c'est elle qui l'est. Mais au moins, j'ai pu la revoir une dernière fois. Et j'en serai reconnaissant jusqu'à mon dernier souffle. Merci, ajouta-t-il en regardant Zack. Et je vous dois à tous des excuses pour mon comportement. Mon comportement depuis des années.

–Vous ne nous devez rien du tout, monsieur Cuvallo, lui répondit Morton. La vie n'a pas été tendre avec vous… Nous sommes ravis que vous soyez ici, avec nous, aujourd'hui.

–Et nous espérons que vous reviendrez, lança Deborah.

Il sourit d'un air piteux.

–Je suis heureux que le juge ait tranché en votre faveur. J'imagine que vous allez rester un moment ici. Et ça me semble tout à coup une excellente nouvelle. J'ai vu ma petite fille une dernière fois, et c'est l'essentiel. Je regrette juste que Jing n'ait pas été présente… Enfin, Janet.

Les poils se dressèrent dans la nuque de Zack.

–Vous avez dit Jing ?

–C'était le surnom que je donnais à ma femme Janet, Jing. Et elle m'appelait Ray.

–Monsieur Cuvallo… bredouilla Zack, j'ai lu votre message dans la grotte. *À toi pour toujours.*

–Qu'est-ce que tu racontes ? intervint son père.

Horatio, lui, dévisageait Zack. Il paraissait bouleversé.

–Tu l'as vu ?

Zack hocha énergiquement la tête.

–Il y a une grotte, expliqua-t-il à son frère et à ses sœurs. Un peu plus bas que la Tour, creusée dans le flanc du promontoire. Ann me l'a montrée, on y est allés quelques fois ensemble. M. Cuvallo a gravé un message à l'intérieur, il y a longtemps.

–C'est vrai. Pour ma femme.

–Et elle vous a répondu.

Horatio secoua la tête.

–Impossible, j'ai laissé ce message après qu'elle m'a quitté. Avant de m'engager. Un jour où je m'apitoyais sur mon sort…

–Je vous assure qu'elle l'a fait, insista Zack. Elle a dû revenir dans le coin et voir ce que vous aviez écrit.

–Et qu'est-ce que ça dit ? demanda Ethan.

Zack se tourna vers Horatio, qui le considérait avec fébrilité.

–*Ray, je suis désolée de t'avoir perdu.* Voilà ce qu'elle a répondu.

Horatio se décomposa. Il se cacha les yeux avec une main, et Morton attira Zack contre lui.

Des bruits de conversations et de rires leur parvenaient à travers les portes closes de la Tour. Les Einstein et Horatio ne voulurent pas rompre le silence et la solennité de ce moment. Zack leva le regard vers le médaillon, tout en haut, et il songea au message dissimulé au milieu du charabia, il se rappela sa rencontre avec Ann, ici, et comment, un instant, il l'avait prise pour sa sœur. Puis il repensa à ce jour, un an plus tôt, où Susan était partie en courant, et où le monde avait été plongé dans le noir. Elle était partie. Zack savait qu'elle était partie, et que même s'il avait voulu plus que tout qu'elle revienne, il n'avait pas le pouvoir de modifier la réalité.

–Tu m'as fait un sacré cadeau, lui dit Horatio en retirant sa main pour le regarder dans les yeux. Ann. Ma femme. J'ignore comment te remercier.

–Monsieur Cuvallo… je suis heureux que vous ayez revu Ann. Elle parlait sans arrêt de vous, elle était sûre que vous sauriez la retrouver si elle venait ici. Et vous avez réussi. Je suis heureux de vous avoir parlé de la grotte, aussi.

Il se tourna vers ses parents.

–Susan me manque, mais quand j'ai récité l'incantation, j'ai eu l'impression, en un sens, qu'elle était là.

Ethan s'approcha pour le prendre dans ses bras.

–Tu es incroyable, Z. Je le pense du fond du cœur. Incroyable à tous points de vue.

Zack entendit à peine son frère, car il avait fondu en larmes. Ce n'étaient pas des larmes de tristesse cette fois, du moins pas seulement, c'étaient des larmes qui emportaient avec elles une année de souffrance. Des larmes qui faisaient du bien. Et alors qu'il sentait les bras de son frère, de ses sœurs et de ses parents autour de lui, il se remémora soudain Susan telle qu'elle était juste avant de disparaître : elle lui souriait en mangeant sa barbe à papa, elle était heureuse d'être avec lui, heureuse de ce petit plaisir simple.

– Veillons à faire le bien, murmura-t-il.

– Veillons à faire le bien, répéta sa mère.

Et tous les Einstein se serrèrent plus fort les uns les autres.

Vingt-six

PANORAMA

À 16 heures, il ne restait plus de la foule que quelques groupes épars de gens admirant le fleuve. La Tour était vide, et les enfants Einstein se chargeaient de replier les chaises et de vérifier que tous les déchets étaient bien dans des sacs-poubelle. Horatio était rentré chez lui après avoir passé un peu de temps seul à l'intérieur de la Tour et visité le manoir. Il voulait aussi se rendre à la grotte, mais il était trop épuisé par toutes les émotions de la journée. Zack lui avait promis de l'accompagner le jour où il serait suffisamment en forme pour le faire.

Il aida Ethan à démonter les tables installées pour le buffet, et lorsqu'ils eurent terminé, celui-ci prêta main-forte à Miriam : il fallait rapporter certains plats vides à la voiture de Juanita et Rydell.

– Tout va bien, Zack ? lui demanda son grand frère.

– Très bien.

Il jeta un coup d'œil vers la rive nord du fleuve.

–Je voudrais juste aller vérifier un truc vite fait.

Ethan le considéra d'un air méfiant.

–Ne t'éloigne pas, hein ? Et reviens vite.

–Promis.

Après un dernier regard pour la Tour, Zack descendit vers la grotte. Il lui fallut quelques minutes pour atteindre le replat avec les cèdres et la vieille souche. Il n'eut aucun mal à repérer l'entrée cachée par la végétation. Pour la première fois, il n'avait aucun espoir d'y trouver Ann et ne pourrait donc pas être déçu que la grotte soit vide. C'est pourquoi il fut surpris d'apercevoir une enveloppe sur le sol poussiéreux. Deux jours plus tôt, lors de sa précédente visite, il n'y avait rien. Il s'approcha et découvrit son nom écrit dessus. Il ramassa la lettre et s'apprêtait à l'ouvrir, lorsqu'il eut une idée. Il la rangea dans sa poche et ressortit. Quelques instants plus tard, il courait vers la Tour. Alors que le reste de sa fratrie continuait à s'affairer sur le parking, il entra dans le bâtiment, seul.

Il monta aussitôt sur la galerie, et rejoignit l'endroit précis où Ann et lui avaient tenté de déchiffrer le médaillon la toute première fois. Il y avait beaucoup plus de lumière, bien sûr, puisque toutes les fenêtres cassées et bouchées avaient été remplacées. Et pourtant, ce petit coin lui semblait aussi tranquille et paisible que la première fois, une sorte de bulle. Zack observa le médaillon qui brillait au soleil. Il se tourna vers la fenêtre la plus proche, par laquelle il avait un jour vu Ann disparaître dans la forêt. Celle-ci se dressait, épaisse et verte, juste derrière le pré qui environnait la Tour.

Zack sortit l'enveloppe de sa poche et la déchira. La lettre d'Ann tenait sur une seule page et avait été rédigée au crayon.

Zack, merci d'avoir été mon ami. Quand tu m'as parlé des signaux lumineux, j'ai su que je retrouverais mon père. Je ne crois pas qu'on puisse se perdre complètement si l'on est entouré de gens qui vous aiment. Et je sais que tu aimes ta petite sœur. « Veille à faire le bien. » Ton amie, Ann.

Zack prit une profonde inspiration et leva de nouveau les yeux vers le médaillon. Il pensa à Susan et, alors qu'il portait le regard dehors, il aperçut une petite fille au loin, aux cheveux roux coiffés en queue-de-cheval, vêtue d'un tee-shirt blanc et d'un jean bleu. Il colla son visage à la vitre, espérant qu'elle se retournerait et le verrait. Elle continua cependant à avancer sans un coup d'œil en arrière. Elle se dirigeait tout droit vers les arbres. Zack fut tenté de crier et de cogner à la fenêtre… mais il se ravisa. Il se contenta de suivre la petite fille au loin, tandis que les arbres verts avalaient peu à peu sa silhouette. Il la regardait s'éloigner, il l'autorisait à le faire.

Je ne t'oublierai jamais, pensa-t-il. Puis il admira une dernière fois la coupole de la Tour et son immense espace intérieur baigné d'une douce lumière. Il entendit Miriam crier quelque chose dehors, Ruth et Ethan éclater de rire.

Et je suis heureux d'être ici avec notre famille, songea-t-il encore. *Les sept Einstein.*

Un
sur
neuf

REMERCIEMENTS

J'ai une dette infinie envers ma chère collaboratrice et éditrice Christy Ottaviano, sans oublier ma guide infaillible, mon agente Rena Rossner. Ces deux femmes ont changé ma vie. Je remercie aussi tous mes amis chez Henry Holt Books for Young Readers et chez Macmillan Children's Publishing Group pour leur soutien ces dernières – et nombreuses – années. Merci aussi à tous les nouveaux amis que j'ai rencontrés chez Little, Brown Books for Young Readers, parmi lesquels Leyla Erkan, Jen Graham, Sasha Illingworth et Patrick Hulse. Je suis aussi très reconnaissant à Vivienne To pour sa couverture, et à Petur Antonsson pour ses illustrations intérieures. J'ai aussi une pensée pour Tina Ullom, John Ullom et Dan Ullom, dont la librairie Brick & Mortar Books, à Redmond, dans l'État de Washington, est un havre délicieux. Mais surtout, comme toujours, je dois presque tout à Jacob, à Olivia, à Natalie… et surtout à Rosalind.

L'AUTEUR

Ben Guterson est l'auteur de la série *Winterhouse Hôtel*, acclamée par la critique. Le premier tome a été finaliste du prix Edgar-Allan-Poe et du prix Agatha, et a figuré dans une sélection mensuelle de libraires indépendants, la Indie Next List Pick. Ont suivi deux autres tomes, « Retour à Winterhouse Hôtel » et « Les Mystères de Winterhouse Hôtel ». Cette trilogie a été traduite en dix langues. Il vit avec sa famille au pied de la chaîne de montagnes des Cascades, à l'est de Seattle. Il sera ravi que vous lui rendiez visite en ligne sur son site : www.benguterson.comar

Vous avez aimé ce roman ?

Découvrez un extrait de *Winterhouse Hôtel*,
une série écrite par Ben Guterson,
l'auteur de *La Famille Einstein*.

CHAPITRE 1

UN ÉCRIT TROUBLANT

ÉCRIN
ÉCRAN
CRÂNE
CRAME
DRAME

Lorsque Elizabeth Somers poussa le portail qui donnait sur le jardin de son oncle et de sa tante et qu'elle vit une enveloppe scotchée sur la porte d'entrée du misérable pavillon qu'elle habitait en leur compagnie, elle comprit que les nouvelles n'étaient pas bonnes. Les marches du perron – qu'oncle Burlap ne balayait jamais – étaient luisantes de neige et de glace ; Elizabeth les grimpa d'un pas prudent, posa son sac à dos et releva sa capuche trempée d'un mouvement de la tête. Elle avait déjà sa petite idée sur ce que cette missive allait lui apprendre, ce qui ne l'empêcha pas de détacher l'enveloppe et de l'ouvrir.

Nous t'avons prévenue à plusieurs reprises que nous devions nous absenter pour trois semaines et que tu ne pouvais pas rester seule en notre absence. Tu ne seras donc pas surprise par la teneur de cette lettre. Les portes et volets de la maison sont fermés. Tu trouveras dans cette enveloppe un billet pour le train du nord, départ dix-huit heures vingt. Ne le rate pas, et lorsque tu arriveras à Sternhaven demain matin, tu iras à la gare routière, où t'attend un autre billet. Il faut que tu prennes le bus qui conduit à Winterhouse Hôtel, où tu es attendue. Ci-joint également trois dollars, pour ton voyage. Tu recevras un autre billet pour rentrer après le Nouvel An. Interdiction de raconter tes inepties habituelles !

Elizabeth examina le billet : dix-huit heures vingt, c'était dans trois heures ; les trois premières heures de ses vacances de Noël qui allaient durer vingt-quatre jours. Ces deux dernières semaines, son oncle et sa tante le lui avaient rappelé sans cesse : ils allaient partir à Noël et Elizabeth serait envoyée ailleurs. Eh bien, ils ne lui avaient pas menti : ils étaient réellement partis. Elizabeth lança un coup d'œil à la rue à travers ses lunettes embuées : la neige redoublait de vigueur.

Un sac à provisions en plastique était suspendu à la poignée de la porte. Elizabeth constata qu'il contenait quelques-unes de ses affaires : trois chemisiers, deux paires de chaussettes, un pantalon de rechange et des sous-vêtements. Elle considéra les trois billets crasseux trouvés dans l'enveloppe : elle imaginait très bien tante

Elizabeth

Purdy les sortir de son porte-monnaie et les déplier de ses doigts maigres avant de les glisser à regret dans l'enveloppe. Dans cette scène peu réjouissante, oncle Burlap se tenait à côté de sa femme et surveillait la transaction d'un œil soupçonneux, comme si ces quelques dollars représentaient une somme exorbitante. Elizabeth laissa cette vision s'effacer de son cerveau comme la vapeur de son souffle dans l'air glacial.

Puis elle relut le message, avant de le fourrer dans la poche de sa veste avec les trois dollars et le billet de train. Après quoi, elle tira sur la fermeture Éclair de son sac à dos. Tout au fond, sous les quatre livres de poche qu'elle avait pu emprunter à la bibliothèque de l'école pour ces longues vacances et son propre exemplaire d'*Anne... La Maison aux pignons verts*, elle dénicha son carnet et un stylo. Avec sa couverture verte, sa spirale au sommet et ses pages repliées, le vieux carnet aurait pu provenir de la poche d'un garçon de café. Elizabeth l'ouvrit à la cinquième page et écrivit au numéro 43 de sa liste des « Raisons pour lesquelles je n'aime pas mon oncle et ma tante » : « Parce qu'ils m'expédient dans un hôtel au milieu de nulle part pour les vacances de Noël, sans un sou et pratiquement aucune affaire de rechange. »

Puis elle rangea le carnet et le stylo, fourra le baluchon en plastique dans la poche principale de son sac à dos et referma la fermeture Éclair. Elle allait se diriger vers la gare lorsqu'elle se rendit compte qu'elle ne pouvait détacher son regard du bout de scotch encore collé sur la porte ; ses poumons se gonflèrent, sa gorge se serra ; des larmes lui montèrent aux yeux. D'un geste irréfléchi et brusque, elle frappa de toutes ses forces le battant en contreplaqué de la porte. Sa paume claqua, sonore : on aurait dit le fracas que produit un livre qui tombe sur un parquet en bois. Elle en fut surprise et se demanda quel démon l'avait saisie. Elle regarda alentour : et si quelqu'un l'avait vue ? Mais il n'y avait pas un bruit dans cette rue déserte peu à peu envahie par le crépuscule et la neige qui tombait, de plus en plus dense. Elizabeth empoigna son sac à dos avec un soupir.

Ah, si on pouvait me rendre mes parents, se dit-elle.

Puis, comme elle n'avait aucun ami qui puisse décemment l'héberger pour ces trois semaines, et qu'elle craignait fort de ne pas pouvoir éviter la colère de son oncle et de sa tante en cas de non-respect de leurs instructions, Elizabeth se décida à marcher jusqu'à la gare, distante de plus de deux kilomètres, pour y attendre le train de dix-huit heures vingt. Elle enfila son sac à dos et se dirigea vers le portail. Au moment où elle posait le pied sur le trottoir, *l'étrange sensation* s'empara d'elle. Elle se figea, les yeux écarquillés, et se demanda ce qui l'attendait cette fois-ci. Son cœur se mit à battre un peu plus vite. Et soudain, brisant le silence ouaté de la rue, un énorme fracas retentit à quelques pas.

D'autres livres Wiz Albin Michel Jeunesse

Eli Anderson, *Mila Hunt*
Jay Asher, *Treize raisons*
Megan Bannen, *Corbellâme : la fin des idoles*
Jennifer Bell, *Wondergame*
Jennifer Bell, « Les extraordinaires »,
– *Les Mystères de Londinor* (tome 1)
– *Le Sablier fumant* (tome 2)
– *L'Armée des spectres* (tome 3)
Delphine Bertolon, *Celle qui marche la nuit*
Fabrice Colin, *Bal de givre à New York*
Alyssa Colman, *Le Pacte magique*
– *Le Pacte magique* (tome 1)
– *Le Jardin enchanté* (tome 2)
Charlotte Davis, « Les filles de la chance »
– *Les Filles de la chance* (tome 1)
– *La Vengeance des sœurs* (tome 2)
Femi Fadugba, *The Upper World : Le monde caché*
Ben Guterson, « Winterhouse Hôtel »
– *Winterhouse Hôtel* (tome 1)
– *Retour à Winterhouse Hôtel* (tome 2)
– *Les Mystères de Winterhouse Hôtel* (tome 3)
Stephen King :
– *Brume*
– *Chambre 1408*

– *Le Corps*
– *Les Évadés*
– *Les Langoliers*
– *Le Molosse surgi du soleil*
– *La Petite fille qui aimait Tom Gordon*
– *Mile 81*
– *N.*
– *Nécro*

Rupert Kingfisher, *La Pieuvre bleue*

Neil Gaiman :

– *Coraline*
– *L'Étrange vie de Nobody Owens*

A.M Morgen, *Les Inventeurs et l'île perdue*

Katy Rose Pool, « L'Âge des ténèbres » :

– *Le Complot du masque d'or*

Rick Riordan :

« Percy Jackson »

– *Le Voleur de foudre* (tome 1)
– *La Mer des monstres* (tome 2)
– *Le Sort du titan* (tome 3)
– *La Bataille du labyrinthe* (tome 4)
– *Le Dernier Olympien* (tome 5)
– *Percy Jackson et les dieux grecs* (hors-série)

« Les Chroniques de Kane »

– *La Pyramide rouge* (tome 1)
– *Le Trône de feu* (tome 2)
– *L'Ombre du serpent* (tome 3)

« Les Héros de l'Olympe »

– *Le Héros perdu* (tome 1)
– *Le Fils de Neptune* (tome 2)
– *La Marque d'Athéna* (tome 3)
– *La Maison d'Hadès* (tome 4)
– *Le Sang de l'Olympe* (tome 5)
« Magnus Chase »
– *L'Épée de l'été* (tome 1)
– *Le Marteau de Thor* (tome 2)
– *Le Vaisseau des damnés* (tome 3)
« Les Travaux d'Apollon »
– *L'Oracle caché* (tome 1)
– *Le Piège de feu* (tome 3)
– *Le Tombeau du tyran* (tome 4)
– *La Dernière épreuves* (tome 5)
« L'Héritière des abysses »
– *L'Héritière des abysses* (tome 1)
Meg Rosoff, *Maintenant c'est ma vie*
Laura Sebastian, « Ash Princess »
– *Ash Princess* (tome 1)
– *Lady Smoke* (tome 2)
– *Ember Queen* (tome 3)
Quinn Sosna-Spear, *Rose et les treize royaumes magiques*
Jonathan Stroud,
« Lockwood&Co »
– *L'Escalier hurleur* (tome 1)
– *Le Crâne qui murmure* (tome 2)
– *Le Garçon fantôme* (tome 3)
– *L'Ombre qui parlait aux morts* (tome 4)

« La trilogie de Bartiméus »

– *L'Amulette de Sarmacande* (tome 1)

– *L'Œil du Golem* (tome 2)

– *La Porte de Ptolémée* (tome 3)

Dan Wells, « Partials »

– *Partials* (tome 1)

– *Fragments* (tome 2)

– *Ruines* (tome 3)

PEFC PEFC/14-38-00302

Ce livre est imprimé sur du papier issu
de forêts gérées durablement et de sources contrôlées.

Logo Wiz : Caroline Ancelot

Composition : Delphine Guéchot
Impression : Liberdúplex
Éditions Albin Michel
22, rue Huyghens 75014 Paris
ISBN : 978-2-226-47744-6
N° d'édition : 25156/1
Dépôt légal : septembre 2023
Loi n° 49-956 du 16 juillet 1949 sur les publications destinées à la jeunesse.
Imprimé en Espagne